U0660683

华盖集

鲁迅 著

人民文学出版社

图书在版编目（CIP）数据

华盖集/鲁迅著. —2 版. —北京：人民文学出版社，2021（2022.8重印）
ISBN 978-7-02-015266-7

Ⅰ. ①华… Ⅱ. ①鲁… Ⅲ. ①鲁迅杂文—杂文集 Ⅳ. ①I210.4

中国版本图书馆 CIP 数据核字(2019)第 096362 号

责任编辑　杜　丽
装帧设计　陶　雷
责任印制　任　祎

出版发行　人民文学出版社
社　　址　北京市朝内大街 166 号
邮政编码　100705

印　　刷　三河市鑫金马印装有限公司
经　　销　全国新华书店等

字　　数　120 千字
开　　本　880 毫米×1230 毫米　1/32
印　　张　6.125　插页 2
版　　次　1980 年 3 月北京第 1 版
　　　　　2006 年 12 月北京第 2 版
印　　次　2022 年 8 月第 3 次印刷

书　　号　978-7-02-015266-7
定　　价　26.00 元

如有印装质量问题,请与本社图书销售中心调换。电话:010-65233595

目　　录

本书收作者1925年所作杂文三十一篇。1926年6月由北京北新书局初版。作者生前印行九版次。

题记[1]

在一年的尽头的深夜中，整理了这一年所写的杂感，竟比收在《热风》里的整四年中所写的还要多。意见大部分还是那样，而态度却没有那么质直了，措辞也时常弯弯曲曲，议论又往往执滞在几件小事情上，很足以贻笑于大方之家[2]。然而那又有什么法子呢。我今年偏遇到这些小事情，而偏有执滞于小事情的脾气。

我知道伟大的人物[3]能洞见三世，观照一切，历大苦恼，尝大欢喜，发大慈悲。但我又知道这必须深入山林，坐古树下，静观默想，得天眼通，离人间愈远遥，而知人间也愈深，愈广；于是凡有言说，也愈高，愈大；于是而为天人师。我幼时虽曾梦想飞空，但至今还在地上，救小创伤尚且来不及，那有余暇使心开意豁，立论都公允妥洽，平正通达，像“正人君子”[4]一般；正如沾水小蜂，只在泥土上爬来爬去，万不敢比附洋楼中的通人[5]，但也自有悲苦愤激，决非洋楼中的通人所能领会。

这病痛的根柢就在我活在人间，又是一个常人，能够交着“华盖运”[6]。

我平生没有学过算命，不过听老年人说，人是有时要交“华盖运”的。这“华盖”在他们口头上大概已经讹作“镬盖”

了，现在加以订正。所以，这运，在和尚是好运：顶有华盖，自然是成佛作祖之兆。但俗人可不行，华盖在上，就要给罩住了，只好碰钉子。我今年开手作杂感时，就碰了两个大钉子：一是为了《咬文嚼字》，一是为了《青年必读书》。署名和匿名的豪杰之士的骂信，收了一大捆，至今还塞在书架下。此后又突然遇见了一些所谓学者，文士，正人，君子等等，据说都是讲公话，谈公理，而且深不以"党同伐异"〔7〕为然的。可惜我和他们太不同了，所以也就被他们伐了几下，——但这自然是为"公理"〔8〕之故，和我的"党同伐异"不同。这样，一直到现下还没有完结，只好"以待来年"〔9〕。

也有人劝我不要做这样的短评。那好意，我是很感激的，而且也并非不知道创作之可贵。然而要做这样的东西的时候，恐怕也还要做这样的东西，我以为如果艺术之宫里有这么麻烦的禁令，倒不如不进去；还是站在沙漠上，看看飞沙走石，乐则大笑，悲则大叫，愤则大骂，即使被沙砾打得遍身粗糙，头破血流，而时时抚摩自己的凝血，觉得若有花纹，也未必不及跟着中国的文士们去陪莎士比亚〔10〕吃黄油面包之有趣。

然而只恨我的眼界小，单是中国，这一年的大事件也可以算是很多的了，我竟往往没有论及，似乎无所感触。我早就很希望中国的青年站出来，对于中国的社会，文明，都毫无忌惮地加以批评，因此曾编印《莽原周刊》〔11〕，作为发言之地，可惜来说话的竟很少。在别的刊物上，倒大抵是对于反抗者的打击，这实在是使我怕敢想下去的。

现在是一年的尽头的深夜，深得这夜将尽了，我的生命，至少是一部分的生命，已经耗费在写这些无聊的东西中，而我所获得的，乃是我自已的灵魂的荒凉和粗糙。但是我并不惧惮这些，也不想遮盖这些，而且实在有些爱他们了，因为这是我转辗而生活于风沙中的瘢痕。凡有自己也觉得在风沙中转辗而生活着的，会知道这意思。

我编《热风》时，除遗漏的之外，又删去了好几篇。这一回却小有不同了，一时的杂感一类的东西，几乎都在这里面。

一九二五年十二月三十一日之夜，记于绿林书屋〔12〕东壁下。

*　　*　　*

〔1〕 本篇最初发表于1926年1月25日《莽原》半月刊第二期。

〔2〕 大方之家　见识广博的人。《庄子·秋水》："吾长见笑于大方之家。"

〔3〕 伟大的人物　这里指佛教创始人释迦牟尼（约前565—前486）。佛经说他有感于人生的生、老、病、死等苦恼，在二十九岁时出家，苦行六年，仍未得解脱的途径。后来坐在菩提树下苦思七日，终于悟出了佛理。下文的三世，佛家语，指个体的过去（前世）、现在（现世）、未来（来世）。天眼通，也是佛家语，所谓"六通"（六种广大的"神通"）之一，即能透视常人目力所不能见的东西。天人师，佛的称号。

〔4〕 "正人君子"　指现代评论派的胡适、陈西滢、王世杰等。他们在1925年北京女子师范大学风潮中，曾为北洋政府教育总长章士钊等迫害学生的行为辩护，攻击参与学潮的女师大师生。这些人大都住在北京东吉祥胡同，北京《大同晚报》在1925年8月7日的一篇报导中称他们为"东吉祥派之正人君子"。

〔5〕 通人　博古通今、学识渊博的人。这里讽刺陈西滢等人。章士钊在他主编的《甲寅》周刊第一卷第二号(1925 年 7 月 25 日)发表的《孤桐杂记》中曾称赞陈西滢说:“《现代评论》有记者自署西滢。无锡陈源之别字也。陈君本字通伯。的是当今通品。”

〔6〕 华盖　古星名。《宋史·天文志》:“华盖七星,杠九星如盖有柄下垂,以覆大帝之座也。”旧时迷信的人有华盖星犯命之说。

〔7〕 “党同伐异”　语出《后汉书·党锢传序》:“自武帝以后,崇尚儒学,怀经协术,所在雾会,至有石渠分争之论,党同伐异之说。”陈西滢在《现代评论》第三卷第五十三期(1925 年 12 月 12 日)的《闲话》中曾用此语影射鲁迅说:“中国人是没有是非的……凡是同党,什么都是好的,凡是异党,什么都是坏的。”

〔8〕 “公理”　在北京女师大风潮中,陈西滢等曾组织“公理维持会”,以“公理”的名义支持章士钊解散女师大,反对女师大师生复校。参看本书《“公理”的把戏》。

〔9〕 “以待来年”　语出《孟子·滕文公(下)》:“戴盈之曰:‘什一,去关市之征,今兹未能,请轻之,以待来年,然后已,何如?’”

〔10〕 文士们　指陈西滢、徐志摩等人。他们都曾留学英国,常以研究过莎士比亚而自傲。徐志摩在 1925 年 10 月 26 日《晨报副刊》发表的《汉姆雷德与留学生》一文中,曾谈到他和陈西滢、丁西林在观看中国艺人演出莎士比亚戏剧时的“自大”的心态:“我们是去过大英国,莎士比亚是英国人,他写英文的,我们懂英文的,在学堂里研究过他的戏,……英国留学生难得高兴时讲他的莎士比亚,多体面多够根儿的事情,你们没到过外国看不完全原文的当然不配插嘴,你们就配扁着耳朵悉心的听。”认为这种“自大”使他们看不起对莎剧的“古戏新演”,是应该“自省”的,因为英国人的莎剧“新演”也很“有趣”。莎士比亚(W.

Shakespeare,1564—1616),欧洲文艺复兴时期英国戏剧家、诗人。著有剧本《仲夏夜之梦》、《罗密欧与朱丽叶》、《哈姆雷特》等三十七种。

〔11〕 《莽原周刊》 文艺刊物,鲁迅编辑。1925年4月24日创刊于北京,附《京报》发行,同年11月27日出至第三十二期休刊。1926年1月10日改为半月刊,未名社出版。1926年8月鲁迅离开北京后,由韦素园接编,1927年12月25日出至第四十八期停刊。该刊所载文字大都是对于中国社会和文化的批评。鲁迅在《两地书·一七》中曾说:"中国现今文坛(?)的状况,实在不佳,但究竟做诗及小说者尚有人。最缺少的是'文明批评'和'社会批评',我之以《莽原》起哄,大半也就为了想由此引些新的这一种批评者来,……继续撕去旧社会的假面。"

〔12〕 绿林书屋 西汉末年,王匡、王凤等在绿林山(在今湖北当阳)聚集农民起义,号"绿林兵"。后来以"绿林"或"绿林好汉"泛指聚居山林反抗官府或抢劫财物的人们。1925年北洋政府教育部专门教育司司长刘百昭和现代评论派一些人,曾辱骂鲁迅等反对章士钊、支持女师大学潮的教员为"土匪"、"学匪"(参看本书《"公理"的把戏》和《华盖集续编·学界的三魂》),作者因戏称自己的书室为"绿林书屋"。

一九二五年

咬文嚼字[1]

一

以摆脱传统思想的束缚而来主张男女平等的男人，却偏喜欢用轻靓艳丽字样来译外国女人的姓氏：加些草头，女旁，丝旁。不是“思黛儿”，就是“雪琳娜”。西洋和我们虽然远哉遥遥，但姓氏并无男女之别，却和中国一样的，——除掉斯拉夫民族在语尾上略有区别之外。所以如果我们周家的姑娘不另姓绸，陈府上的太太也不另姓蔯，则欧文[2]的小姐正无须改作妪纹，对于托尔斯泰[3]夫人也不必格外费心，特别写成妥孄丝苔也。

以摆脱传统思想的束缚而来介绍世界文学的文人，却偏喜欢使外国人姓中国姓：Gogol 姓郭；Wilde 姓王；D'Annunzio 姓段，一姓唐；Holz 姓何；Gorky 姓高；Galsworthy 也姓高，[4]假使他谈到 Gorky，大概是称他“吾家 rky”[5]的了。我真万料不到一本《百家姓》[6]，到现在还有这般伟力。

一月八日。

二

古时候，咱们学化学，在书上很看见许多“金”旁和非“金”旁的古怪字，据说是原质[7]名目，偏旁是表明“金属”或“非金属”的，那一边大概是译音。但是，锈，锶，锡，错，矽[8]，连化学先生也讲得很费力，总须附加道：“这回是熟悉的悉。这回是休息的息了。这回是常见的锡。”而学生们为要记得符号，仍须另外记住腊丁字。现在渐渐译起有机化学来，因此这类怪字就更多了，也更难了，几个字拼合起来，像贴在商人帐桌面前的将“黄金萬两”拼成一个的怪字[9]一样。中国的化学家多能兼做新仓颉[10]。我想，倘若就用原文，省下造字的功夫来，一定于本职的化学上更其大有成绩，因为中国人的聪明是决不在白种人之下的。

在北京常看见各样好地名：辟才胡同，乃兹府，丞相胡同，协资庙，高义伯胡同，贵人关。但探起底细来，据说原是劈柴胡同，奶子府，绳匠胡同，蝎子庙，狗尾巴胡同，鬼门关。字面虽然改了，涵义还依旧。这很使我失望；否则，我将鼓吹改奴隶二字为“弩理”，或是“努礼”，使大家可以永远放心打盹儿，不必再愁什么了。但好在似乎也并没有什么人愁着，爆竹毕毕剥剥地都祀过财神了。

二月十日。

* * *

〔1〕 本篇最初分两次发表于1925年1月11日、2月12日北京《京报副刊》。

本篇第一节发表后，即遭到廖仲潜、潜源等人的反对，作者为此又写《咬嚼之余》和《咬嚼未始“乏味”》二文（收入《集外集》）予以反驳，可参看。

〔2〕 欧文 英美人的姓。如美国有散文家华盛顿·欧文（W. Irving，1783—1859）。

〔3〕 托尔斯泰 俄国人的姓。如俄国作家列夫·托尔斯泰（Л. Н. Толстой，1828—1910）。

〔4〕 Gogol 果戈理（Н. В. Гоголь，1809—1852），曾有人译为郭歌里，俄国作家。Wilde，王尔德（1854—1900），英国作家。D'Annunzio，邓南遮（1863—1938），曾有人译为唐南遮，意大利作家。Holz，何尔兹（1863—1929），德国作家。Gorky，高尔基（М. Горький，1868—1936），苏联作家。Galsworthy，高尔斯华绥（1867—1933），英国作家。

〔5〕 “吾家rky” 即吾家尔基。旧时常称同宗的人为“吾家某某”；有些人为了攀附名人，连同姓的也都称“吾家某某”。

〔6〕 《百家姓》 旧时学塾所用的识字课本。宋初人编，系将姓氏连缀为四言韵语，以便诵读。

〔7〕 原质 元素的旧称。

〔8〕 锈，鎴，锡，错，矽 化学元素的旧译名。其中除锡外，其他四种的今译名顺序为铯、锶、铈、硅。

〔9〕 “黄金萬两”拼成的怪字，其形如“𮪊”。

〔10〕 仓颉 亦作苍颉，相传是黄帝的史官，汉字最初的创造者。

青年必读书[1]

——应《京报副刊》[2]的征求

<table>
<tr><td>青年必
读　书</td><td>从来没有留心过，
所以现在说不出。</td></tr>
<tr><td>附

注</td><td>但我要趁这机会，略说自己的经验，以供若干读者的参考——
我看中国书时，总觉得就沉静下去，与实人生离开；读外国书——但除了印度——时，往往就与人生接触，想做点事。
中国书虽有劝人入世的话，也多是僵尸的乐观；外国书即使是颓唐和厌世的，但却是活人的颓唐和厌世。
我以为要少——或者竟不——看中国书，多看外国书。
少看中国书，其结果不过不能作文而已。但现在的青年最要紧的是“行”，不是“言”。只要是活人，不能作文算什么大不了的事。
（二月十日。）</td></tr>
</table>

*　　*　　*

〔1〕 本篇最初发表于1925年2月21日《京报副刊》。

1925年1月间,《京报副刊》刊出启事,征求“青年爱读书”和“青年必读书”各十部的书目。本文是作者应约对后一项所作的答复。文章发表后,曾引起一些人的诘责和攻击。后来作者又写了《聊答“……”》、《报〈奇哉所谓……〉》等文(收入《集外集拾遗》),可参看。作者在1933年写的《答兼士》(收入《准风月谈》)中谈及本文的写作背景及主旨,亦可参看。

〔2〕 《京报副刊》 《京报》的一种副刊,孙伏园编辑,1924年12月创刊。《京报》,邵飘萍(振青)创办的报纸,1918年10月创刊于北京,次年8月曾被段祺瑞查封,1920年9月复刊,1926年4月被奉系军阀张作霖查封。

忽然想到[1]

一

做《内经》[2]的不知道究竟是谁。对于人的肌肉，他确是看过，但似乎单是剥了皮略略一观，没有细考校，所以乱成一片，说是凡有肌肉都发源于手指和足趾。宋的《洗冤录》[3]说人骨，竟至于谓男女骨数不同；老仵作之谈，也有不少胡说。然而直到现在，前者还是医家的宝典，后者还是检验的南针：这可以算得天下奇事之一。

牙痛在中国不知发端于何人？相传古人壮健，尧舜时代盖未必有；现在假定为起于二千年前罢。我幼时曾经牙痛，历试诸方，只有用细辛[4]者稍有效，但也不过麻痹片刻，不是对症药。至于拔牙的所谓“离骨散”，乃是理想之谈，实际上并没有。西法的牙医 到，这才根本解决了；但在中国人手里一再传，又每每只学得镶补而忘了去腐杀菌，仍复渐渐地靠不住起来。牙痛了二千年，敷敷衍衍的不想一个好方法，别人想出来了，却又不肯好好地学：这大约也可以算得天下奇事之二罢。

康圣人[5]主张跪拜，以为“否则要此膝何用”。走时的腿的动作，固然不易于看得分明，但忘记了坐在椅上时候的膝的曲直,则不可谓非圣人之疏于格物[6]也。身中间脖颈最细,古人则于此斫之,臀肉最肥,古人则于此打之,其格物都比康圣人精到,后人之爱不忍释,实非无因。所以僻县尚打小板子,去年北京戒严时亦尝恢复杀头,虽延国粹于一脉乎,而亦不可谓非天下奇事之三也!

一月十五日。

二

校着《苦闷的象征》[7]的排印样本时,想到一些琐事——

我于书的形式上有一种偏见,就是在书的开头和每个题目前后,总喜欢留些空白,所以付印的时候,一定明白地注明。但待排出寄来,却大抵一篇一篇挤得很紧,并不依所注的办。查看别的书,也一样,多是行行挤得极紧的。

较好的中国书和西洋书,每本前后总有一两张空白的副页,上下的天地头也很宽。而近来中国的排印的新书则大抵没有副页,天地头又都很短,想要写上一点意见或别的什么,也无地可容,翻开书来,满本是密密层层的黑字;加以油臭扑鼻,使人发生一种压迫和窘促之感,不特很少"读书之乐",且觉得仿佛人生已没有"余裕","不留余地"了。

或者也许以这样的为质朴罢。但质朴是开始的"陋",精力弥满,不惜物力的。现在的却是复归于陋,而质朴的精神已失,所以只能算窳败,算堕落,也就是常谈之所谓"因陋就简"。在这样"不留余地"空气的围绕里,人们的精神大抵要被挤小的。

外国的平易地讲述学术文艺的书，往往夹杂些闲话或笑谈，使文章增添活气，读者感到格外的兴趣，不易于疲倦。但中国的有些译本，却将这些删去，单留下艰难的讲学语，使他复近于教科书。这正如折花者，除尽枝叶，单留花朵，折花固然是折花，然而花枝的活气却灭尽了。人们到了失去余裕心，或不自觉地满抱了不留余地心时，这民族的将来恐怕就可虑。上述的那两样，固然是比牛毛还细小的事，但究竟是时代精神表现之一端，所以也可以类推到别样。例如现在器具之轻薄草率（世间误以为灵便），建筑之偷工减料，办事之敷衍一时，不要“好看”，不想“持久”，就都是出于同一病源的。即再用这来类推更大的事，我以为也行。

一月十七日。

三

我想，我的神经也许有些瞀乱了。否则，那就可怕。

我觉得仿佛久没有所谓中华民国。

我觉得革命以前，我是做奴隶；革命以后不多久，就受了奴隶的骗，变成他们的奴隶了。

我觉得有许多民国国民而是民国的敌人。

我觉得有许多民国国民很像住在德法等国里的犹太人，他们的意中别有一个国度。

我觉得许多烈士的血都被人们踏灭了，然而又不是故意的。

我觉得什么都要从新做过。

退一万步说罢，我希望有人好好地做一部民国的建国史给少年看，因为我觉得民国的来源，实在已经失传了，虽然还只有十四年！

二月十二日。

四

先前，听到二十四史不过是“相斫书”，是“独夫的家谱”[8]一类的话，便以为诚然。后来自己看起来，明白了：何尝如此。

历史上都写着中国的灵魂，指示着将来的命运，只因为涂饰太厚，废话太多，所以很不容易察出底细来。正如通过密叶投射在莓苔上面的月光，只看见点点的碎影。但如看野史和杂记，可更容易了然了，因为他们究竟不必太摆史官的架子。

秦汉远了，和现在的情形相差已多，且不道。元人著作寥寥。至于唐宋明的杂史之类，则现在多有。试将记五代，南宋，明末的事情的，和现今的状况一比较，就当惊心动魄于何其相似之甚，仿佛时间的流驶，独与我们中国无关。现在的中华民国也还是五代，是宋末，是明季。

以明末例现在，则中国的情形还可以更腐败，更破烂，更凶酷，更残虐，现在还不算达到极点。但明末的腐败破烂也还未达到极点,因为李自成张献忠[9]闹起来了。而张李的凶酷残虐也还未达到极点,因为满洲兵进来了。

难道所谓国民性者,真是这样地难于改变的么?倘如此,将来的命运便大略可想了,也还是一句烂熟的话:古已有之。

伶俐人实在伶俐,所以,决不攻难古人,摇动古例的。古人做过的事,无论什么,今人也都会做出来。而辩护古人,也就是辩护自己。况且我们是神州华胄,敢不“绳其祖武”[10]么?

幸而谁也不敢十分决定说:国民性是决不会改变的。在这“不可知”中,虽可有破例——即其情形为从来所未有——的灭亡的恐怖,也可以有破例的复生的希望,这或者可作改革者的一点慰藉罢。

但这一点慰藉,也会勾消在许多自诩古文明者流的笔上,淹死在许多诬告新文明者流的嘴上,扑灭在许多假冒新文明者流的言动上,因为相似的老例,也是“古已有之”的。

其实这些人是一类,都是伶俐人,也都明白,中国虽完,自己的精神是不会苦的,——因为都能变出合式的态度来。倘有不信,请看清朝的汉人所做的颂扬武功的文章去,开口“大兵”,闭口“我军”,你能料得到被这“大兵”“我军”所败的就是汉人的么?你将以为汉人带了兵将别的一种什么野蛮腐败民族歼灭了。

然而这一流人是永远胜利的,大约也将永久存在。在中国,惟他们最适于生存,而他们生存着的时候,中国便永远免不掉反复着先前的运命。

“地大物博，人口众多”，用了这许多好材料，难道竟不过老是演一出轮回[11]把戏而已么？

二月十六日。

* * *

〔1〕 本篇最初分四次发表于1925年1月17日、20日、2月14日、20日《京报副刊》。

当第一节发表时，作者曾写有《附记》如下：“我是一个讲师，略近于教授，照江震亚先生的主张，似乎也是不当署名的。但我也曾用几个假名发表过文章，后来却有人诘责我逃避责任；况且这回又带些攻击态度，所以终于署名了。但所署的也不是真名字；但也近于真名字，仍有露出讲师马脚的弊病，无法可想，只好这样罢。又为避免纠纷起见，还得声明一句，就是：我所指摘的中国古今人，乃是一部分，别有许多很好的古今人不在内！然而这么一说，我的杂感真成了最无聊的东西了，要面面顾到，是能够这样使自己变成无价值。”这里说的“不当署名”，系针对1925年1月15日《京报副刊》所载署名江震亚的《学者说话不会错？》一文而发。江震亚在这篇文章中说：“相信‘学者说话不会错’，是评论界不应有的态度。我想要免除这个弊病，最好是发表文字不署名。”他认为“当一个重要问题发生时，总免不了有站在某某一边的人，来替某某辩论”。而且因为某某“是大学的教授，所以他的话不错”，某某“是一个学生，所以他的话错了”。

〔2〕 《内经》 即《黄帝内经》，我国现存最早的一部医学文献。约为战国秦汉时医家汇集古代及当时医学资料纂述而成。全书分《素问》和《灵枢》两部分，共十八卷。“肌肉都发源于手指和足趾”的说法，见《灵枢 · 经筋第十三》。

〔3〕《洗冤录》 宋代宋慈著,共五卷,是一部较完整的法医学专著。“男女骨数不同”的说法见于该书《验骨》。

〔4〕 细辛 多年生草本植物,中医以全草入药。性温味辛,有镇痛效用。

〔5〕 康圣人 指康有为(1858—1927),字广厦,号长素,广东南海人,清末维新运动的领袖。1898年(清光绪二十四年)变法维新失败后,他坚持君主立宪的主张,组织保皇党,反对孙中山领导的民主革命运动。辛亥革命后出任孔教会会长,并参与北洋军阀张勋扶植清废帝溥仪复辟。梁启超在《康有为传》中说他“成童之时,便有志于圣贤之学,乡里俗子笑之,戏号之曰‘圣人为’,盖以其开口辄曰圣人圣人也。”“否则要此膝何用”一语,常见于康有为鼓吹尊孔的文电中,如他在《请饬全国祀孔仍行跪拜礼》中说:“中国民不拜天,又不拜孔子,留此膝何为?”又在《以孔教为国教配天议》中说:“中国人不敬天亦不敬教主,不知其留此膝以傲慢何为也?”

〔6〕 格物 推究事物的道理。《礼记·大学》中有“致知在格物,物格而后知至”的话。

〔7〕《苦闷的象征》 文艺论文集,日本厨川白村著。曾由鲁迅译为中文,1924年12月北京新潮社出版。

〔8〕 二十四史 指清代乾隆时“钦定”为“正史”的从《史记》到《明史》等二十四部史书。“相斫书”,意思是记载互相杀戮的书,语出《三国志·魏书》卷十三注引鱼豢《魏略》:“豢又常从(隗禧)问《左氏传》,禧答曰:‘……《左氏》直相斫书耳,不足精意也。’”“独夫的家谱”,意思是记载帝王一姓世系的书,梁启超在《中国史界革命案》一文中曾说:“二十四史非史也,二十四姓之家谱而已。”

〔9〕 李自成(1606—1645) 陕西米脂人,明末农民起义领袖。

明崇祯二年(1629)起义,后被推为闯王。明崇祯十七年(1644)一月在西安建立大顺国,三月攻入北京。后明将吴三桂引清兵入关,李兵败退出北京,次年在湖北通山县九宫山遭伏击遇害。张献忠(1606—1646),延安柳树涧(今陕西定边东)人,明末农民起义领袖。明崇祯三年(1630)起义,1644年入川,在成都建立大西国。清顺治三年(1646)在川北盐亭界为清兵所杀。旧史书(包括野史和杂记)中多有渲染李、张杀人的记载。

〔10〕 “绳其祖武” 语出《诗经·大雅·下武》:“昭兹来许,绳其祖武。”来许,后来者;绳,继续;武,步伐,足迹。

〔11〕 轮回 佛家语。梵文Samsāra的意译。佛教以为生物各依其所作的“业”(修行的深浅、积德的多少、作恶的大小),永远在“六道”(天道、人道、阿修罗道、地狱道、饿鬼道、畜生道)中生死轮转,循环转化不已。

通　讯[1]

一

旭生[2]先生：

前天收到《猛进》[3]第一期，我想是先生寄来的，或者是玄伯[4]先生寄来的。无论是谁寄的，总之：我谢谢。

那一期里有论市政的话，使我忽然想起一件不相干的事来。我现在住在一条小胡同里，这里有所谓土车者，每月收几吊钱，将煤灰之类搬出去。搬出去怎么办呢？就堆在街道上，这街就每日增高。有几所老房子，只有一半露出在街上的，就正在豫告着别的房屋的将来。我不知道什么缘故，见了这些人家，就像看见了中国人的历史。

姓名我忘记了，总之是一个明末的遗民，他曾将自己的书斋题作"活埋庵"。[5]谁料现在的北京的人家，都在建造"活埋庵"，还要自己拿出建造费。看看报章上的论坛，"反改革"的空气浓厚透顶了，满车的"祖传"，"老例"，"国粹"等等，都想来堆在道路上，将所有的人家完全活埋下去。"强聒不舍"[6]，也许是一个药方罢，但据我所见，则有些人们——甚至于竟是青年——的论调，简直和"戊戌政变"[7]时候的反对改革者的论调一模一样。你想，二十七年了，还是这样，岂不可怕。大约国民如此,是决不会有好的政府的;好的政府,或者反而容易倒。也不会有好议员的;现在常有人骂议员,说他们收贿,无特操,趋炎附势,自私自利,但大多数的国民,岂非正是如此的么?这类的议员,其实确是国民的代表。

我想,现在的办法,首先还得用那几年以前《新青年》上已经说过的"思想革命"[8]。还是这一句话,虽然未免可悲,但我以为除此没有别的法。而且还是准备"思想革命"的战士,和目下的社会无关。待到战士养成了,于是再决胜负。我这种迂远而且渺茫的意见,自己也觉得是可叹的,但我希望于《猛进》的,也终于还是"思想革命"。

鲁迅。三月十二日。

鲁迅先生:

你所说底"二十七年了,还是这样,"诚哉是一件极"可怕"的事情。人类思想里面,本来有一种惰性的东西,我们中国人的惰性更深。惰性表现的形式不一,而最普通的,第一就是听天任命,第二就是中庸。听天任命和中庸的空气打不破,我国人的思想,永远没有进步的希望。

你所说底"讲话和写文章,似乎都是失败者的征象。正在和运命恶战的人,顾不到这些。"实在是最痛心的话。但是我觉得从另外一方面看,还有许多人讲话和写文章,还可以证明人心的没有全死。可是这里需要有分别,必需要是一种不平的呼声,不管是冷嘲或热骂,才是人心未全死的证验。如果不是这样，换句话说，如果他的文章里面，不用很多的“！”，不管他说的写的怎么样好听，那人心已经全死，亡国不亡国，倒是第二个问题。

“思想革命”，诚哉是现在最重要不过的事情，但是我总觉得《语丝》，《现代评论》和我们的《猛进》，就是合起来，还负不起这样的使命。我有两种希望：第一希望大家集合起来，办一个专讲文学思想的月刊。里面的内容，水平线并无庸过高，破坏者居其六七，介绍新者居其三四。这样一来，大学或中学的学生有一种消闲的良友，与思想的进步上，总有很大的裨益。我今天给适之先生略谈几句，他说现在我们办月刊很难，大约每月出八万字，还属可能，如若想出十一二万字，就几乎不可能。我说你又何必拘定十一二万字才出，有七八万就出七八万，即使再少一点，也未尝不可，要之有它总比没有它好的多。这是我第一个希望。第二我希望有一种通俗的小日报。现在的《第一小报》，似乎就是这一类的。这个报我只看见三两期，当然无从批评起，但是我们的印象：第一，是篇幅太小，至少总要再加一半才敷用；第二，这种小报总要记清是为民众和小学校的学生看的。所以思想虽需要极新，话却要写得极浅显。所有专门术语和新名词，能躲避到什么步田地躲到什么步田地。《第一小报》对于这一点，似还不很注意。这样良好的通俗小日报，是我第二种的希望。拉拉杂杂写来，漫无伦叙。你的意思以为何如？

徐炳昶。三月十六日。

二

旭生先生：

给我的信早看见了，但因为琐琐的事情太多，所以到现在才能作答。

有一个专讲文学思想的月刊，确是极好的事，字数的多少，倒不算什么问题。第一为难的却是撰人，假使还是这几个人，结果即还是一种增大的某周刊或合订的各周刊之类。况且撰人一多，则因为希图保持内容的较为一致起见，即不免有互相牵就之处，很容易变为和平中正，吞吞吐吐的东西，而无聊之状于是乎可掬。现在的各种小周刊，虽然量少力微，却是小集团或单身的短兵战，在黑暗中，时见匕首的闪光，使同类者知道也还有谁还在袭击古老坚固的堡垒，较之看见浩大而灰色的军容，或者反可以会心一笑。在现在，我倒只希望这类的小刊物增加，只要所向的目标小异大同，将来就自然而然的成了联合战线，效力或者也不见得小。但目下倘有我所未知的新的作家起来，那当然又作别论。

通俗的小日报，自然也紧要的；但此事看去似易，做起来却很难。我们只要将《第一小报》[9]与《群强报》[10]之类一比，即知道实与民意相去太远，要收获失败无疑。民众要看皇帝何在，太妃安否，[11]而《第一小报》却向他们去讲"常识"，岂非悖谬。教书一久，即与一般社会睽离，无论怎样热心，做起事来总要失败。假如一定要做，就得存学者的良心，有市侩的手段,但这类人才,怕教员中间是未必会有的。我想,现在没奈何,也只好从智识阶级——其实中国并没有俄国之所谓智识阶级,此事说起来话太长,姑且从众这样说——一面先行设法,民众俟将来再谈。而且他们也不是区区文字所能改革的,历史通知过我们,清兵入关,禁缠足,要垂辫[12],前一事只用文告,到现在还是放不掉,后一事用了别的法,到现在还在拖下来。

单为在校的青年计,可看的书报实在太缺乏了,我觉得至少还该有一种通俗的科学杂志,要浅显而且有趣的。可惜中国现在的科学家不大做文章,有做的,也过于高深,于是就很枯燥。现在要 Brehm[13] 的讲动物生活,Fabre[14] 的讲昆虫故事似的有趣,并且插许多图画的;但这非有一个大书店担任即不能印。至于作文者,我以为只要科学家肯放低手眼,再看看文艺书,就够了。

前三四年有一派思潮[15],毁了事情颇不少。学者多劝人踱进研究室,文人说最好是搬入艺术之宫,直到现在都还不大出来,不知道他们在那里面情形怎样。这虽然是自己愿意,但一大半也因新思想而仍中了"老法子"的计。我新近才看出这圈套,就是从"青年必读书"事件以来,很收些赞同和嘲骂的信,凡赞同者,都很坦白,并无什么恭维。如果开首称我为什么"学者""文学家"的,则下面一定是谩骂。我才明白这等称号,乃是他们所公设的巧计,是精神的枷锁,故意将你定为"与众不同",又借此来束缚你的言动,使你于他们的老生活上失去危险性的。不料有许多人,却自囚在什么室什么宫里，岂不可惜。只要掷去了这种尊号，摇身一变，化为泼皮，相骂相打（舆论是以为学者只应该拱手讲讲义的），则世风就会日上，而月刊也办成了。

先生的信上说：惰性表现的形式不一，而最普通的，第一就是听天任命，第二就是中庸[16]。我以为这两种态度的根柢，怕不可仅以惰性了之，其实乃是卑怯。遇见强者，不敢反抗，便以"中庸"这些话来粉饰，聊以自慰。所以中国人倘有权力，看见别人奈何他不得，或者有"多数"作他护符的时候，多是凶残横恣，宛然一个暴君，做事并不中庸；待到满口"中庸"时，乃是势力已失，早非"中庸"不可的时候了。一到全败，则又有"命运"来做话柄，纵为奴隶，也处之泰然，但又无往而不合于圣道。这些现象，实在可以使中国人败亡，无论有没有外敌。要救正这些，也只好先行发露各样的劣点，撕下那好看的假面具来。

鲁迅。三月二十九日。

鲁迅先生：

你看出什么"踱进研究室"，什么"搬入艺术之宫"，全是"一种圈套"，真是一件重要的发现。我实在告诉你说：我近来看见自命 gentleman 的人就怕极了。看见玄同先生挖苦 gentleman 的话（见《语丝》第二十期），好像大热时候，吃一盘冰激零，不晓得有多么痛快。总之这些字全是一种圈套，大家总要相戒，不要上他们的当才好。

我好像觉得通俗的科学杂志并不是那样容易的，但是我对于这个问题完全没有想,所以对于它觉暂且无论什么全不能说。

我对于通俗的小日报有许多的话要说,但因为限于篇幅,止好暂且不说。等到下一期,我要作一篇小东西,专论这件事,到那时候,还要请你指教才好。

徐炳昶。三月三十一日。

*　　*　　*

〔1〕 本篇最初分两次发表于1925年3月20日、4月3日北京《猛进》周刊第三、五期。

〔2〕 旭生　徐炳昶(1888—1976),字旭生,笔名虚生,河南唐河人,曾留学法国,当时任北京大学哲学系教授,《猛进》周刊的主编。

〔3〕《猛进》　政论性周刊,1925年3月6日创刊于北京,1926年3月19日出至第五十三期停刊。

〔4〕 玄伯(1895—1974)　李宗侗,字玄伯,河北高阳人,曾留学法国,当时任北京大学法文系教授。《猛进》周刊自第二十七期起,由他接编。

〔5〕 指徐树丕,字武子,号活埋庵道人,江苏长洲(今吴县)人,明末秀才。明亡后隐居不出,康熙年间卒。著有《中兴纲目》、《识小录》、《活埋庵集》等。

〔6〕"强聒不舍"　语出《庄子·天下》:"强聒而不舍者也。"意思是说了又说,不肯停止。

〔7〕"戊戌政变"　1898年(戊戌)光绪皇帝采纳康有为等人变法维新的主张,于6月间开始,任用维新人士参预政事,颁布新法,推行新政。但以慈禧太后为首的顽固派强烈反对,于9月发动政变,囚禁光

绪，杀害维新运动领袖谭嗣同等六人，并通缉康有为、梁启超，废除新法，维新运动遂告失败，史称“戊戌政变”。

〔8〕《新青年》　综合性月刊，“五四”时期的重要刊物。1915 年 9 月创刊于上海，陈独秀主编。原名《青年杂志》，第二卷起改名《新青年》。1916 年底迁至北京后，由陈独秀、钱玄同、高一涵、胡适、李大钊、沈尹默轮流担任编辑。1919 年冬返迁上海，陈独秀主编。1920 年 8 月改组为中共上海发起小组刊物。1922 年 7 月休刊，共出九卷，每卷六期。后曾两次复刊，1926 年 7 月停刊。鲁迅在“五四”时期同该刊有密切联系，是它的重要撰稿人，并参加该刊编辑会议。“思想革命”，指《新青年》提倡的反对旧道德，提倡新道德，反对旧文学，提倡新文学的文化革命运动。

〔9〕《第一小报》　北京出版的小型日报。1925 年 2 月 20 日创刊，自创刊日起曾连载译自日文的《常识基础》一书。

〔10〕《群强报》　北京出版的小型日报。1912 年创刊，不注重时事新闻，多载消闲文字。

〔11〕皇帝何在，太妃安否　1912 年 1 月 1 日南京临时政府成立后，清帝溥仪（宣统）于 2 月 12 日被迫退位。按照当时所订优待皇室的条件，他们仍留居故宫，直至 1924 年 11 月才被冯玉祥驱逐出宫。这里是说溥仪等被逐后，当时还有人在关心他们的命运。

〔12〕禁缠足　清顺治二年（1645）、康熙元年（1662）、三年清廷曾先后下过禁止缠足的诏文，但未严格执行，康熙七年（1668）又重新开禁。关于垂辫，1644 年清兵人关及定都北京后，即下令剃发垂辫，但因受到各地汉族民众反对及局势未定而中止；次年 5 月攻占南京后，又下了严厉的剃发令，限于布告之后十日，“尽使薙（剃）发，遵依者为我国之民，迟疑者同逆命之寇”，如“已定地方之人民，仍存明制，不随本朝之制

度者,杀无赦!”有许多人因未剃发垂辫而被杀。

〔13〕 Brehm　勃莱姆(1829—1884),德国动物学家。著有《动物生活》等。

〔14〕 Fabre　法布耳(1823—1915),法国昆虫学家。著有《昆虫记》等。

〔15〕 指出现于1922年前后思想和文艺界的一种情况。《新青年》团体分化之后,胡适于1922年创办《努力周报》,在它的副刊《读书杂志》上,主张青年人“踱进研究室”、“整理国故”。同时还有一些人提倡“纯文艺”,主张作家固守“艺术之宫”。

〔16〕 中庸　《论语·雍也》:“中庸之为德也,其至矣乎!”据宋代朱熹注:“中者,无过无不及之名也;庸,平常也。……程子曰:‘不偏之谓中,不易之为庸。中者,天下之正道,庸者,天下之定理。’”

论辩的魂灵[1]

二十年前到黑市，买得一张符，名叫“鬼画符”[2]。虽然不过一团糟，但帖在壁上看起来，却随时显出各样的文字，是处世的宝训，立身的金箴。今年又到黑市去，又买得一张符，也是“鬼画符”。但帖了起来看，也还是那一张，并不见什么增补和修改。今夜看出来的大题目是“论辩的魂灵”；细注道：“祖传老年中年青年‘逻辑’扶乱灭洋必胜妙法太上老君急急如律令敕”[3]。今谨摘录数条，以公同好——

“洋奴会说洋话。你主张读洋书，就是洋奴，人格破产了！受人格破产的洋奴崇拜的洋书，其价值从可知矣！但我读洋文是学校的课程，是政府的功令，反对者，即反对政府也。无父无君之无政府党，人人得而诛之。”

“你说中国不好。你是外国人么？为什么不到外国去？可惜外国人看你不起……。”

“你说甲生疮。甲是中国人，你就是说中国人生疮了。既然中国人生疮，你是中国人，就是你也生疮了。你既然也生疮，你就和甲一样。而你只说甲生疮，则竟无自知之明，你的话还有什么价值？倘你没有生疮，是说诳也。卖国贼是说诳的，所以你是卖国贼。我骂卖国贼，所以我是爱国者。爱国者的话是最有价值的，所以我的话是不错的，我的话既然不错，你就是卖国贼无疑了！”

“自由结婚未免太过激了。其实，我也并非老顽固，中国提倡女学的还是我第一个。但他们却太趋极端了，太趋极端，即有亡国之祸，所以气得我偏要说‘男女授受不亲’[4]。况且，凡事不可过激；过激派[5]都主张共妻主义的。乙赞成自由结婚，不就是主张共妻主义么？他既然主张共妻主义，就应该先将他的妻拿出来给我们‘共’。”

“丙讲革命是为的要图利：不为图利，为什么要讲革命？我亲眼看见他三千七百九十一箱半的现金抬进门。你说不然，反对我么？那么，你就是他的同党。呜呼，党同伐异之风，于今为烈，提倡欧化者不得辞其咎矣！”

“丁牺牲了性命，乃是闹得一塌糊涂，活不下去了的缘故。现在妄称志士，诸君切勿为其所愚。况且，中国不是更坏了么？”

“戊能算什么英雄呢？听说，一声爆竹，他也会吃惊。还怕爆竹，能听枪炮声么？怕听枪炮声，打起仗来不要逃跑么？打起仗来就逃跑的反称英雄，所以中国糟透了。”

“你自以为是‘人’，我却以为非也。我是畜类，现在我就叫你爹爹。你既然是畜类的爹爹，当然也就是畜类了。”

“勿用惊叹符号，这是足以亡国的。[6]但我所用的几个在例外。

中庸太太提起笔来，取精神文明精髓，作明哲保身大吉大利格言二句云：

中学为体西学用[7],

不薄今人爱古人[8]。”

* * *

〔1〕 本篇最初发表于1925年3月9日北京《语丝》周刊第十七期。

本文列举的诡辩式言论,是作者从当时社会上一些反对新思想、反对改革和毁谤革命者的言论中概括出来的。

〔2〕 “鬼画符” 符是道士以朱笔或墨笔在纸或布上画的似字非字的图形,迷信的人认为它能“驱鬼召神”或“治病延年”。“鬼画符”,即胡乱画的符。

〔3〕 扶乩 一种迷信活动,由二人扶一丁字形木架,使下垂一端在沙盘上画字,假托为神鬼所示。太上老君,是道教对老子(老聃)的尊称;急急如律令敕,原是汉代公文的用语,后来道教用作符咒末尾的常用语,意思是如同法律命令,必须迅速执行。

〔4〕 “男女授受不亲” 语出《孟子·离娄(上)》:“男女授受不亲,礼也。”意为男女之间不能亲手递接东西。

〔5〕 过激派 日本媒体对布尔什维克的贬性译称。当时我国有些人也曾沿用这个词。

〔6〕 关于用惊叹号足以亡国的论调,见《心理》杂志第三卷第二号(1924年4月)张耀翔(北京师范大学教授)的《新诗人的情绪》一文,其中统计了当时出版的一些新诗集里的惊叹号(!),说这种符号“缩小看像许多细菌,放大看像几排弹丸”,是消极、悲观、厌世等情绪的表现,因而认为多用惊叹号的白话诗都是“亡国之音”。

〔7〕 中学为体西学用 原作“中学为体西学为用”,是清末洋务

派大臣张之洞在《劝学篇》中提出的主张。中学,指“治身心”的纲常名教;西学,指“应世事”的西方技术。

〔8〕 不薄今人爱古人 语出杜甫《戏为六绝句》之五:“不薄今人爱古人,清词丽句必为邻。”原意是说他不菲薄当时人爱慕古人的“清词丽句”(据清代仇兆鳌《杜诗详注》)。这里是对于今人和古人都一视同仁的意思。

牺 牲 谟[1]

——"鬼画符"失敬失敬章第十三

"阿呀阿呀,失敬失敬!原来我们还是同志。我开初疑心你是一个乞丐,心里想:好好的一个汉子,又不衰老,又非残疾,为什么不去做工,读书的?所以就不免露出'责备贤者'[2]的神色来,请你不要见气,我们的心实在太坦白了,什么也藏不住,哈哈!可是,同志,你也似乎太……。

"哦哦!你什么都牺牲了?可敬可敬!我最佩服的就是什么都牺牲,为同胞,为国家。我向来一心要做的也就是这件事。你不要看得我外观阔绰,我为的是要到各处去宣传。社会还太势利,如果像你似的只剩一条破裤,谁肯来相信你呢?所以我只得打扮起来,宁可人们说闲话,我自己总是问心无愧。正如'禹入裸国亦裸而游'[3]一样,要改良社会,不得不然,别人那里会懂得我们的苦心孤诣。但是,朋友,你怎么竟奄奄一息到这地步了?

"哦哦!已经九天没有吃饭?!这真是清高得很哪!我只好五体投地。看你虽然怕要支持不下去,但是——你在历史上一定成名,可贺之至哪!现在什么'欧化''美化'的邪说横行,人们的眼睛只看见物质,所缺的就是你老兄似的模范人物。你瞧,最高学府的教员们,也居然一面教书,一面要起钱来，[4]他们只知道物质，中了物质的毒了。难得你老兄以身作则，给他们一个好榜样看，这于世道人心，一定大有裨益的。你想，现在不是还嚷着什么教育普及么？教育普及起来，要有多少教员；如果都像他们似的定要吃饭，在这四郊多垒[5]时候，那里来这许多饭？像你这样清高，真是浊世中独一无二的中流砥柱：可敬可敬！你读过书没有？如果读过书，我正要创办一个大学，就请你当教务长去。其实你只要读过‘四书’[6]就好，加以这样品格，已经很够做‘莘莘学子’[7]的表率了。

“不行？没有力气？可惜可惜！足见一面为社会做牺牲，一面也该自己讲讲卫生。你于卫生可惜太不讲究了。你不要以为我的胖头胖脸是因为享用好，我其实是专靠卫生，尤其得益的是精神修养，‘君子忧道不忧贫’[8]呀！但是，我的同志，你什么都牺牲完了，究竟也大可佩服，可惜你还剩一条裤，将来在历史上也许要留下一点白璧微瑕……。

“哦哦，是的。我知道，你不说也明白：你自然连这裤子也不要，你何至于这样地不彻底；那自然，你不过还没有牺牲的机会罢了。敝人向来最赞成一切牺牲，也最乐于‘成人之美’[9]，况且我们是同志，我当然应该给你想一个完全办法，因为一个人最紧要的是‘晚节’，一不小心，可就前功尽弃了！

“机会凑得真好：舍间一个小鸦头，正缺一条裤……。朋友，你不要这么看我，我是最反对人身买卖的，这是最不人道的事。但是，那女人是在大旱灾时候留下的，那时我不要，她的父母就会把她卖到妓院里去。你想，这何等可怜。我留下她，正为的讲人道。况且那也不算什么人身买卖，不过我给了她父母几文,她的父母就把自己的女儿留在我家里就是了。我当初原想将她当作自己的女儿看,不,简直当作姊妹,同胞看;可恨我的贱内是旧式,说不通。你要知道旧式的女人顽固起来,真是无法可想的,我现在正在另外想点法子……。

“但是,那娃儿已经多天没有裤子了,她是灾民的女儿。我料你一定肯帮助的。我们都是‘贫民之友’呵。况且你做完了这一件事情之后,就是全始全终;我保你将来铜像巍巍,高入云表,呵,一切贫民都鞠躬致敬……。

“对了,我知道你一定肯,你不说我也明白。但你此刻且不要脱下来。我不能拿了走,我这副打扮,如果手上拿一条破裤子,别人见了就要诧异,于我们的牺牲主义的宣传会有妨碍的。现在的社会还太胡涂,——你想,教员还要吃饭,——那里能懂得我们这纯洁的精神呢,一定要误解的。一经误解,社会恐怕要更加自私自利起来,你的工作也就‘非徒无益而又害之’[10]了,朋友。

“你还能勉强走几步罢?不能?这可叫人有点为难了,——那么,你该还能爬?好极了!那么,你就爬过去。你趁你还能爬的时候赶紧爬去,万不要‘功亏一篑’[11]。但你须用趾尖爬,膝髁不要太用力;裤子擦着沙石,就要更破烂,不但可怜的灾民的女儿受不着实惠,并且连你的精神都白扔了。先行脱下了也不妥当,一则太不雅观,二则恐怕巡警要干涉,还是穿着爬的好。我的朋友,我们不是外人,肯给你上当的么?舍间离这里也并不远,你向东,转北,向南,看路北有两株大槐树的红漆门就是。你一爬到,就脱下来,对号房说:这是老爷叫我送来的，交给太太收下。你一见号房，应该赶快说，否则也许将你当作一个讨饭的，会打你。唉唉，近来讨饭的太多了，他们不去做工，不去读书，单知道要饭。所以我的号房就借痛打这方法，给他们一个教训，使他们知道做乞丐是要给人痛打的，还不如去做工读书好……。

"你就去么？好好！但千万不要忘记：交代清楚了就爬开，不要停在我的屋界内。你已经九天没有吃东西了，万一出了什么事故，免不了要给我许多麻烦，我就要减少许多宝贵的光阴，不能为社会服务。我想，我们不是外人，你也决不愿意给自己的同志许多麻烦的，我这话也不过姑且说说。

"你就去罢！好，就去！本来我也可以叫一辆人力车送你去，但我知道用人代牛马来拉人，你一定不赞成的，这事多么不人道！我去了。你就动身罢。你不要这么萎靡不振，爬呀！朋友！我的同志，你快爬呀，向东呀！……"

*　　*　　*

〔1〕　本篇最初发表于1925年3月16日《语丝》周刊第十八期。谟，计谋、谋略。《尚书》中有《大禹谟》、《皋陶谟》等篇。

〔2〕　"责备贤者"　语出《新唐书·太宗本纪》："《春秋》之法，常责备于贤者。"求全责备的意思。

〔3〕　"禹入裸国亦裸而游"　语出《吕氏春秋·慎大览》："禹之裸国，裸入衣出。"又《战国策·赵策》："禹袒入裸国。"这里用以说明随俗的必要。

〔4〕　指当时曾发生的索薪事件。北洋军阀统治时期，公教人员

因薪金常被拖欠不发，生活难以维持，曾联合向当局索讨欠薪。当时有人认为教员要薪水、要吃饭就是不清高。如林骙（时任北京农大教授）在发表于1925年2月1日《晨报副刊》的《致北京农大校长公开信》中说：“身当教员之人，果有几人真肯为教育牺牲？……教育为最神圣最清高之事业，教育家应有十分牺牲精神……不能长久枵腹教书，则亦惟有洁身而退，以让之可以牺牲之人。”

〔5〕 四郊多垒　语出《礼记·曲礼》：“四郊多垒，此卿大夫之辱也。”垒，堡垒，作战时的防御工事。

〔6〕 “四书”　即儒家经典《大学》、《中庸》、《论语》、《孟子》。北宋时程颢、程颐特别推崇《礼记》中的《大学》、《中庸》二篇；南宋朱熹又将这二篇和《论语》、《孟子》合在一起，撰写《四书章句集注》，自此便有“四书”的名称。它是旧时学塾中的必读书。

〔7〕 “莘莘学子”　语出晋代潘尼《释奠颂》：“莘莘胄子，祁祁学生。”莘莘，多的意思。此语常见于章士钊等人当时的文字中。

〔8〕 “君子忧道不忧贫”　语出《论语·卫灵公》：“君子谋道不谋食，……君子忧道不忧贫。”

〔9〕 “成人之美”　语出《论语·颜渊》：“君子成人之美，不成人之恶。”

〔10〕 “非徒无益而又害之”　语出《孟子·公孙丑（上）》。原指揠苗助长之事。

〔11〕 “功亏一篑”　语出《尚书·旅獒》：“为山九仞，功亏一篑。”功败垂成的意思。篑，竹制的盛土器具。

战士和苍蝇[1]

Schopenhauer[2]说过这样的话:要估定人的伟大,则精神上的大和体格上的大,那法则完全相反。后者距离愈远即愈小,前者却见得愈大。

正因为近则愈小,而且愈看见缺点和创伤,所以他就和我们一样,不是神道,不是妖怪,不是异兽。他仍然是人,不过如此。但也惟其如此,所以他是伟大的人。

战士战死了的时候,苍蝇们所首先发见的是他的缺点和伤痕,嘬着,营营地叫着,以为得意,以为比死了的战士更英雄。但是战士已经战死了,不再来挥去他们。于是乎苍蝇们即更其营营地叫,自以为倒是不朽的声音,因为它们的完全,远在战士之上。

的确的,谁也没有发见过苍蝇们的缺点和创伤。

然而,有缺点的战士终竟是战士,完美的苍蝇也终竟不过是苍蝇。

去罢,苍蝇们!虽然生着翅子,还能营营,总不会超过战士的。你们这些虫豸们!

三月二十一日。

*　　*　　*

〔1〕 本篇最初发表于1925年3月24日北京《京报》附刊《民众文艺周刊》第十四号。

本篇写于孙中山逝世后第九天。作者在同年4月3日《京报副刊》发表的《这是这么一个意思》中对本文曾有说明："所谓战士者，是指中山先生和民国元年前后殉国而反受奴才们讥笑糟蹋的先烈；苍蝇则当然是指奴才们。"（见《集外集拾遗》）关于孙中山遭受"讥笑糟蹋"的情形，参看《集外集拾遗·中山先生逝世后一周年》及其有关注释。

〔2〕 Schopenhauer 叔本华（1788—1860），德国哲学家，唯意志论者。这里引述的话，见他的《比喻·隐喻和寓言》一文。

夏　三　虫[1]

夏天近了，将有三虫：蚤，蚊，蝇。

假如有谁提出一个问题，问我三者之中，最爱什么，而且非爱一个不可，又不准像“青年必读书”那样的缴白卷的。我便只得回答道：跳蚤。

跳蚤的来吮血，虽然可恶，而一声不响地就是一口，何等直截爽快。蚊子便不然了，一针叮进皮肤，自然还可以算得有点彻底的，但当未叮之前，要哼哼地发一篇大议论，却使人觉得讨厌。如果所哼的是在说明人血应该给它充饥的理由，那可更其讨厌了，幸而我不懂。

野雀野鹿，一落在人手中，总时时刻刻想要逃走。其实，在山林间，上有鹰鹯，下有虎狼，何尝比在人手里安全。为什么当初不逃到人类中来，现在却要逃到鹰鹯虎狼间去？或者，鹰鹯虎狼之于它们，正如跳蚤之于我们罢。肚子饿了，抓着就是一口，决不谈道理，弄玄虚。被吃者也无须在被吃之前，先承认自己之理应被吃，心悦诚服，誓死不二。人类，可是也颇擅长于哼哼的了，害中取小，它们的避之惟恐不速，正是绝顶聪明。

苍蝇嗡嗡地闹了大半天，停下来也不过舐一点油汗，倘有伤痕或疮疖，自然更占一些便宜；无论怎么好的，美的，干净的东西,又总喜欢一律拉上一点蝇矢。但因为只舐一点油汗,只添一点腌臜,在麻木的人们还没有切肤之痛,所以也就将它放过了。中国人还不很知道它能够传播病菌,捕蝇运动大概不见得兴盛。它们的运命是长久的;还要更繁殖。

但它在好的,美的,干净的东西上拉了蝇矢之后,似乎还不至于欣欣然反过来嘲笑这东西的不洁:总要算还有一点道德的。

古今君子,每以禽兽斥人,殊不知便是昆虫,值得师法的地方也多着哪。

四月四日。

*　　*　　*

〔1〕 本篇最初发表于1925年4月7日《京报》附刊《民众文艺周刊》第十六号。

忽然想到[1]

五

我生得太早一点，连康有为们"公车上书"[2]的时候，已经颇有些年纪了。政变之后，有族中的所谓长辈也者教诲我，说：康有为是想篡位，所以他的名字叫有为；有者，"富有天下"，为者，"贵为天子"也。非图谋不轨而何？我想：诚然。可恶得很！

长辈的训诲于我是这样的有力，所以我也很遵从读书人家的家教。屏息低头，毫不敢轻举妄动。两眼下视黄泉，看天就是傲慢，满脸装出死相，说笑就是放肆。我自然以为极应该的，但有时心里也发生一点反抗。心的反抗，那时还不算什么犯罪，似乎诛心之律，倒不及现在之严。

但这心的反抗，也还是大人们引坏的，因为他们自己就常常随便大说大笑，而单是禁止孩子。黔首[3]们看见秦始皇[4]那么阔气，捣乱的项羽[5]道："彼可取而代也！"没出息的刘邦[6]却说："大丈夫不当如是耶？"我是没出息的一流，因为羡慕他们的随意说笑，就很希望赶忙变成大人，——虽然此外也还有别种的原因。

大丈夫不当如是耶，在我，无非只想不再装死而已，欲望也并不甚奢。

现在,可喜我已经大了,这大概是谁也不能否认的罢,无论用了怎样古怪的“逻辑”。

我于是就抛了死相,放心说笑起来,而不意立刻又碰了正经人的钉子:说是使他们“失望”了。我自然是知道的,先前是老人们的世界,现在是少年们的世界了;但竟不料治世的人们虽异,而其禁止说笑也则同。那么,我的死相也还得装下去,装下去,“死而后已”〔7〕,岂不痛哉!

我于是又恨我生得太迟一点。何不早二十年,赶上那大人还准说笑的时候?真是“我生不辰”〔8〕,正当可诅咒的时候,活在可诅咒的地方了。

约翰弥耳说:专制使人们变成冷嘲〔9〕。我们却天下太平,连冷嘲也没有。我想:暴君的专制使人们变成冷嘲,愚民的专制使人们变成死相。大家渐渐死下去,而自己反以为卫道有效,这才渐近于正经的活人。

世上如果还有真要活下去的人们,就先该敢说,敢笑,敢哭,敢怒,敢骂,敢打,在这可诅咒的地方击退了可诅咒的时代!

四月十四日。

六

外国的考古学者们〔10〕联翩而至了。

久矣夫,中国的学者们也早已口口声声的叫着“保古!

保古！保古！……”

但是不能革新的人种，也不能保古的。

所以，外国的考古学者们便联翩而至了。

长城久成废物，弱水[11]也似乎不过是理想上的东西。老大的国民尽钻在僵硬的传统里，不肯变革，衰朽到毫无精力了，还要自相残杀。于是外面的生力军很容易地进来了，真是“匪今斯今，振古如兹”[12]。至于他们的历史，那自然都没我们的那么古。

可是我们的古也就难保，因为土地先已危险而不安全。土地给了别人，则“国宝”虽多，我觉得实在也无处陈列。

但保古家还在痛骂革新，力保旧物地干：用玻璃板印些宋版书，每部定价几十几百元；“涅槃！涅槃！涅槃[13]！”佛自汉时已入中国，其古色古香为何如哉！买集些旧书和金石，是劬古[14]爱国之士，略作考证，赶印目录，就升为学者或高人。而外国人所得的古董，却每从高人的高尚的袖底里共清风一同流出。即不然，归安陆氏的皕宋[15]，潍县陈氏的十钟[16]，其子孙尚能世守否？

现在，外国的考古学者们便联翩而至了。

他们活有余力，则以考古，但考古尚可，帮同保古就更可怕了。有些外人，很希望中国永是一个大古董以供他们的赏鉴，这虽然可恶，却还不奇，因为他们究竟是外人。而中国竟也有自己还不够，并且要率领了少年，赤子，共成一个大古董以供他们的赏鉴者，则真不知是生着怎样的心肝。

中国废止读经了，教会学校不是还请腐儒做先生，教学生读“四书”么？民国废去跪拜了，犹太学校[17]不是偏请遗老做先生，要学生磕头拜寿么？外国人办给中国人看的报纸，不是最反对五四以来的小改革么？而外国总主笔治下的中国小主笔，则倒是崇拜道学[18]，保存国粹的！

但是，无论如何，不革新，是生存也为难的，而况保古。现状就是铁证，比保古家的万言书有力得多。

我们目下的当务之急，是：一要生存，二要温饱，三要发展。苟有阻碍这前途者，无论是古是今，是人是鬼，是《三坟》《五典》[19]，百宋千元[20]，天球河图[21]，金人玉佛，祖传丸散，秘制膏丹，全都踏倒他。

保古家大概总读过古书，“林回弃千金之璧，负赤子而趋”[22]，该不能说是禽兽行为罢。那么，弃赤子而抱千金之璧的是什么？

四月十八日。

*　　*　　*

〔1〕 本篇最初分两次发表于1925年4月18日、22日《京报副刊》。

〔2〕 “公车上书” 甲午(1894)战争失败后，清政府于1895年与日本签订丧权辱国的《马关条约》。当时康有为正在北京会试，就集合各省举人一千三百余人，联名上书光绪皇帝，要求“拒和、迁都、变法”，史称“公车上书”。按汉代用公家的车子载送应征到京城的士人，所以后世举人入京会试也称“公车”。康有为，参看本书第18页注〔5〕。下文所说“富有天下”和“贵为天子”二语，原出《孟子·万章(上)》：

“富,人之所欲,富有天下,而不足以解忧;贵,人之所欲,贵为天子,而不足以解忧。”

〔3〕 黔首　秦代对民众的称呼。《史记·秦始皇本纪》:“分天下以为三十六郡,郡置守尉监,更名民曰黔首。”按秦自称水德,崇尚黑色。南朝宋裴骃“集解”:“黔,亦黎黑也。”

〔4〕 秦始皇(前259—前210)　姓嬴名政,战国时秦国的国君。于公元前221年建立了我国第一个中央集权的封建王朝。

〔5〕 项羽(前232—前202)　名籍,字羽,下相(今江苏宿迁西)人,秦末农民起义军领袖。出身楚国贵族,亡秦后自立为“西楚霸王”。据《史记·项羽本纪》:“秦始皇帝游会稽,渡浙江,梁与籍俱观。籍曰:‘彼可取而代也。’”

〔6〕 刘邦(前247—前195)　沛(今江苏沛县)人,秦末农民起义军领袖。在亡秦灭楚后建立了西汉王朝,庙号高祖。据《史记·高祖本纪》:“高祖常繇(徭)咸阳,纵观,观秦皇帝,喟然太息曰:‘嗟乎,大丈夫当如此也!’”

〔7〕 “死而后已”　语出诸葛亮《后出师表》:“臣鞠躬尽力,死而后已。”

〔8〕 “我生不辰”　语出《诗经·大雅·桑柔》:“我生不辰,逢天僤怒。”不辰,不是时候。

〔9〕 约翰弥耳(J. S. Mill,1806—1873)　通译约翰·穆勒,英国哲学家、经济学家。著作有《逻辑体系》、《论自由》(严复中译名分别为《穆勒名学》、《群己权界论》)等。鲁迅所译日本鹤见祐辅《思想·山水·人物》书中《说幽默》和《专门以外的工作》篇曾引用穆勒所说“专制使人变成冷嘲”的话。

〔10〕 外国的考古学者们　指借考古之名而来我国掠夺文物的帝国主义分子。如法国格莱那(F. Grenard)于1892年从和阗(今新疆

和田)盗去梵文佛经残本、土俑等;英国斯坦因(A. Stein)于1901年在和阗盗掘汉晋木简,又于1907年、1914年先后从敦煌千佛洞盗走大批古代写本及古画、刺绣等艺术品;还有法国伯希和(P. Pelliot)也于1908年从千佛洞盗走很多唐宋文物。到作者写本文时,这种文物掠夺者更"联翩而至",如1924年美国瓦尔纳(L. Warner)在千佛洞以特制胶布粘去壁画二十六幅;1925年2月,他又组织了一个以哈佛大学旅行团为名义的团体,带着大批胶布等材料,再次到千佛洞作有计划的盗窃,后经敦煌人民的反对阻止,才未得逞。

〔11〕 弱水　我国古书中关于弱水的神话传说很多。如《海内十洲记》说昆仑山有"弱水""周回绕匝";弱水"鸿毛不浮,不可越也。"

〔12〕 "匪今斯今,振古如兹"　语出《诗经·周颂·载芟》。意思是不但现在,从古以来就如此。

〔13〕 涅槃　佛家语,梵文Nirvāna的音译。原指佛和高僧经过长期"修道"所达到的"最高境界",即能"寂(熄)灭"、解脱一切烦恼。后世也称佛和僧人的逝世为"涅槃"、"圆寂"或"入灭",由此引申为死的意思。

〔14〕 劬古　研究古代文化的意思。劬,勤劳。

〔15〕 归安陆氏　指陆心源(1834—1894),字刚父,号存斋,浙江归安(今吴兴)人,清末藏书家。藏有宋版书约二百种,所以他的藏书处取名为皕宋楼。他死后,这些书都由他的儿子陆树藩于1907年卖给日本岩崎兰室(静嘉堂文库)。

〔16〕 潍县陈氏　指陈介祺(1813—1884),字寿卿,号簠斋,山东潍县(今潍坊)人,清代古文物收藏家。藏有古代乐器钟十口,所以他的书斋取名为十钟山房。这些钟后来在1917年卖给日本财阀住友家。

〔17〕 犹太学校　指犹太商人哈同1915年在上海开办的仓圣明

智大学及其附属中小学。哈同曾雇用王国维等担任教员，教学生读经，习古礼。每年阴历三月二十八日所谓仓颉生日时，要学生给仓颉磕头拜寿。

〔18〕 道学　即理学，宋代程颢、程颐、朱熹等人阐释儒家学说而形成的唯心主义思想体系。它认为“理”是宇宙的本体，把三纲五常等封建伦理道德说成是“天理”，提出“存天理，灭人欲”的主张。

〔19〕《三坟》《五典》　相传是三皇五帝时的遗书，现在已不可考。《左传》昭公十二年：“是能读三坟、五典、八索、九丘。”晋代杜预注：“皆古书名。”

〔20〕 百宋千元　指清代乾隆、嘉庆时的藏书家黄丕烈和吴骞的藏书。黄丕烈（1763—1825），江苏吴县人，藏有宋版书一百余部，他的书室名为“百宋一廛”，意思是一百部宋版书存放处。吴骞（1733—1813），浙江海宁人，藏有元版书一千部，他的书室名为“千元十驾”，意思是元版书千部能抵宋版书百部，有如驽马十驾能抵好马一驾。

〔21〕 天球河图　天球相传为古雍州（今陕、甘一带）所产的美玉；河图，相传为伏羲时龙马从黄河负出的图。《尚书·顾命》：“大玉，夷玉，天球，河图，在东序。”在东序指陈列在房厅东墙一侧。

〔22〕“林回弃千金之璧，负赤子而趋”　语出《庄子·山木》：“林回弃千金之璧，负赤子而趋。或曰：‘为其布与？赤子之布寡矣！为其累与？赤子之累多矣！弃千金之璧，负赤子而趋，何也？’林回曰：‘彼以利合，此以天属也。’”布，古代的钱币；天属，人的天性。

杂　感[1]

人们有泪，比动物进化，但即此有泪，也就是不进化，正如已经只有盲肠，比鸟类进化，而究竟还有盲肠，终不能很算进化一样。凡这些，不但是无用的赘物，还要使其人达到无谓的灭亡。

现今的人们还以眼泪赠答，并且以这为最上的赠品，因为他此外一无所有。无泪的人则以血赠答，但又各各拒绝别人的血。

人大抵不愿意爱人下泪。但临死之际，可能也不愿意爱人为你下泪么？无泪的人无论何时，都不愿意爱人下泪，并且连血也不要：他拒绝一切为他的哭泣和灭亡。

人被杀于万众聚观之中，比被杀在“人不知鬼不觉”的地方快活，因为他可以妄想，博得观众中的或人的眼泪。但是，无泪的人无论被杀在什么所在，于他并无不同。

杀了无泪的人，一定连血也不见。爱人不觉他被杀之惨，仇人也终于得不到杀他之乐：这是他的报恩和复仇。

死于敌手的锋刃，不足悲苦；死于不知何来的暗器，却是悲苦。但最悲苦的是死于慈母或爱人误进的毒药，战友乱发的流弹，病菌的并无恶意的侵入，不是我自己制定的死刑。

仰慕往古的，回往古去罢！想出世的，快出世罢！想上天的，快上天罢！灵魂要离开肉体的，赶快离开罢！现在的地上，应该是执着现在，执着地上的人们居住的。

但厌恶现世的人们还住着。这都是现世的仇仇，他们一日存在，现世即一日不能得救。

先前，也曾有些愿意活在现世而不得的人们，沉默过了，呻吟过了，叹息过了，哭泣过了，哀求过了，但仍然愿意活在现世而不得，因为他们忘却了愤怒。

勇者愤怒，抽刃向更强者；怯者愤怒，却抽刃向更弱者。不可救药的民族中，一定有许多英雄，专向孩子们瞪眼。这些孱头[2]们！

孩子们在瞪眼中长大了，又向别的孩子们瞪眼，并且想：他们一生都过在愤怒中。因为愤怒只是如此，所以他们要愤怒一生，——而且还要愤怒二世，三世，四世，以至末世。

无论爱什么，——饭，异性，国，民族，人类等等，——只有纠缠如毒蛇，执着如怨鬼，二六时中[3]，没有已时者有望。但太觉疲劳时，也无妨休息一会罢；但休息之后，就再来一回罢，而且两回，三回……。血书，章程，请愿，讲学，哭，电报，开会，挽联，演说，神经衰弱，则一切无用。

血书所能挣来的是什么？不过就是你的一张血书，况且并不好看。至于神经衰弱，其实倒是自己生了病，你不要再当作宝贝了，我的可敬爱而讨厌的朋友呀！

我们听到呻吟,叹息,哭泣,哀求,无须吃惊。见了酷烈的沉默,就应该留心了;见有什么像毒蛇似的在尸林中蜿蜒,怨鬼似的在黑暗中奔驰,就更应该留心了:这在豫告“真的愤怒”将要到来。那时候,仰慕往古的就要回往古去了,想出世的要出世去了,想上天的要上天了,灵魂要离开肉体的就要离开了!……

五月五日。

* * *

〔1〕 本篇最初发表于1925年5月8日北京《莽原》周刊第三期。

〔2〕 孱头 江浙方言,指怯弱的人。章炳麟《新方言·释言》:“今谓下劣怯弱者为孱头。”

〔3〕 二六时中 即十二个时辰,整天整夜的意思。

北京通信[1]

蕴儒,培良[2]两兄:

昨天收到两份《豫报》[3],使我非常快活,尤其是见了那《副刊》。因为它那蓬勃的朝气,实在是在我先前的豫想以上。你想:从有着很古的历史的中州[4],传来了青年的声音,仿佛在豫告这古国将要复活,这是一件如何可喜的事呢?

倘使我有这力量,我自然极愿意有所贡献于河南的青年。但不幸我竟力不从心,因为我自己也正站在歧路上,——或者,说得较有希望些:站在十字路口。站在歧路上是几乎难于举足,站在十字路口,是可走的道路很多。我自己,是什么也不怕的,生命是我自己的东西,所以我不妨大步走去,向着我自以为可以走去的路;即使前面是深渊,荆棘,狭谷,火坑,都由我自己负责。然而向青年说话可就难了,如果盲人瞎马,引入危途,我就该得谋杀许多人命的罪孽。

所以,我终于还不想劝青年一同走我所走的路;我们的年龄,境遇,都不相同,思想的归宿大概总不能一致的罢。但倘若一定要问我青年应当向怎样的目标,那么,我只可以说出我为别人设计的话,就是:一要生存,二要温饱,三要发展。有敢来阻碍这三事者,无论是谁,我们都反抗他,扑灭他!

可是还得附加几句话以免误解,就是:我之所谓生存,并不是苟活；所谓温饱，并不是奢侈；所谓发展，也不是放纵。

中国古来，一向是最注重于生存的，什么“知命者不立于岩墙之下”咧，什么“千金之子坐不垂堂”咧，什么“身体发肤受之父母不敢毁伤”咧，[5]竟有父母愿意儿子吸鸦片的，一吸，他就不至于到外面去，有倾家荡产之虞了。可是这一流人家，家业也决不能长保，因为这是苟活。苟活就是活不下去的初步，所以到后来，他就活不下去了。意图生存，而太卑怯，结果就得死亡。以中国古训中教人苟活的格言如此之多，而中国人偏多死亡，外族偏多侵入，结果适得其反，可见我们蔑弃古训，是刻不容缓的了。这实在是无可奈何，因为我们要生活，而且不是苟活的缘故。

中国人虽然想了各种苟活的理想乡，可惜终于没有实现。但我却替他们发见了，你们大概知道的罢，就是北京的第一监狱。这监狱在宣武门外的空地里，不怕邻家的火灾；每日两餐，不虑冻馁；起居有定，不会伤生；构造坚固，不会倒塌；禁卒管着，不会再犯罪；强盗是决不会来抢的。住在里面，何等安全，真真是“千金之子坐不垂堂”了。但阙少的就有一件事：自由。

古训所教的就是这样的生活法，教人不要动。不动，失错当然就较少了，但不活的岩石泥沙，失错不是更少么？我以为人类为向上，即发展起见，应该活动，活动而有若干失错，也不要紧。惟独半死半生的苟活，是全盘失错的。因为他挂了生活的招牌，其实却引人到死路上去！

我想，我们总得将青年从牢狱里引出来，路上的危险，当然是有的，但这是求生的偶然的危险，无从逃避。想逃避，就须度那古人所希求的第一监狱式生活了，可是真在第一监狱里的犯人，都想早些释放，虽然外面并不比狱里安全。

北京暖和起来了；我的院子里种了几株丁香，活了；还有两株榆叶梅，至今还未发芽，不知道他是否活着。

昨天闹了一个小乱子[6]，许多学生被打伤了；听说还有死的，我不知道确否。其实，只要听他们开会，结果不过是开会而已，因为加了强力的迫压，遂闹出开会以上的事来。俄国的革命，不就是从这样的路径出发的么？

夜深了，就此搁笔，后来再谈罢。

鲁迅。五月八日夜。

＊　＊　＊

〔1〕 本篇最初发表于1925年5月14日开封《豫报副刊》。

〔2〕 蕴儒 姓吕，名琦，字蕴儒，河南人，作者在北京世界语专门学校任教时的学生。当时他与向培良、高歌等同在开封编辑《豫报副刊》。培良，向培良（1905—1959），湖南黔阳人，狂飙社主要成员。当时常为《莽原》周刊写稿，后在南京主编《青春月刊》，主张“人类底艺术”，提倡“民族主义文学”。参看《二心集·上海文艺之一瞥》。

〔3〕 《豫报》 在河南开封出版的日报，1925年5月4日创刊。该报另附《豫报副刊》，随报纸发行，主要撰稿人有尚钺、曹靖华、徐玉诺、张目寒等，鲁迅也被列为“长期撰稿人”。

〔4〕 中州 上古时代我国分为九州，河南是古代豫州的地方，位于九州中央，所以又称中州。

〔5〕“知命者不立于岩墙之下”　语出《孟子·尽心(上)》:“知命者不立乎岩墙之下”。岩墙,危墙。“千金之子坐不垂堂”,语出《史记·袁盎传》。意思是有钱的人不坐在屋檐下(以免被坠瓦击中)。“身体发肤受之父母不敢毁伤”,语出《孝经·开宗明义章》。

〔6〕指北京学生纪念国耻的集会遭压迫一事。1925年5月7日,北京各校学生为纪念国耻(1915年5月7日,日本政府向袁世凯提出最后通牒,要求承认“二十一条”)和追悼孙中山,拟在天安门举行集会。但事前北洋政府教育部已训令各校不得放假,当日上午警察厅又派遣巡警分赴各校前后门戒备,禁止学生外出。因此各校学生或行至校门即为巡警拦阻,或在天安门一带被武装警察与保安队马队殴打,多人受伤。午后被迫改在神武门开会,会后结队赴魏家胡同教育总长章士钊住宅,质问压迫学生爱国运动的理由,又与巡警冲突,被捕十八人。

导　师[1]

近来很通行说青年；开口青年，闭口也是青年。但青年又何能一概而论？有醒着的，有睡着的，有昏着的，有躺着的，有玩着的，此外还多。但是，自然也有要前进的。

要前进的青年们大抵想寻求一个导师。然而我敢说：他们将永远寻不到。寻不到倒是运气；自知的谢不敏，自许的果真识路么？凡自以为识路者，总过了"而立"[2]之年，灰色可掬了，老态可掬了，圆稳而已，自己却误以为识路。假如真识路，自己就早进向他的目标，何至于还在做导师。说佛法的和尚，卖仙药的道士，将来都与白骨是"一丘之貉"，人们现在却向他听生西[3]的大法，求上升[4]的真传，岂不可笑！

但是我并非敢将这些人一切抹杀；和他们随便谈谈，是可以的。说话的也不过能说话，弄笔的也不过能弄笔；别人如果希望他打拳，则是自己错。他如果能打拳，早已打拳了，但那时，别人大概又要希望他翻筋斗。

有些青年似乎也觉悟了，我记得《京报副刊》征求青年必读书时，曾有一位发过牢骚，终于说：只有自己可靠！我现在还想斗胆转一句，虽然有些杀风景，就是：自己也未必可靠的。

我们都不大有记性。这也无怪，人生苦痛的事太多了，尤其是在中国。记性好的，大概都被厚重的苦痛压死了；只有记性坏的，适者生存，还能欣然活着。但我们究竟还有一点记忆，回想起来，怎样的“今是昨非”呵，怎样的“口是心非”呵，怎样的“今日之我与昨日之我战”[5]呵。我们还没有正在饿得要死时于无人处见别人的饭，正在穷得要死时于无人处见别人的钱，正在性欲旺盛时遇见异性，而且很美的。我想，大话不宜讲得太早，否则，倘有记性，将来想到时会脸红。

或者还是知道自己之不甚可靠者，倒较为可靠罢。

青年又何须寻那挂着金字招牌的导师呢？不如寻朋友，联合起来，同向着似乎可以生存的方向走。你们所多的是生力，遇见深林，可以辟成平地的，遇见旷野，可以栽种树木的，遇见沙漠，可以开掘井泉的。问什么荆棘塞途的老路，寻什么乌烟瘴气的鸟导师！

五月十一日。

*　　*　　*

〔1〕 本篇最初发表于1925年5月15日《莽原》周刊第四期。

初发表时共有四段，总题为《编完写起》。本篇原为第一、二段，下篇《长城》原为第四段；题名都是作者于编集时所加。第三段后编入《集外集》，仍题为《编完写起》。关于本篇，作者在1925年6月间与白波的通讯中曾有说明，可参看《集外集·田园思想》。

〔2〕 “而立” 语出《论语·为政》：“吾十有五而志于学，三十而立”。原是孔子说他到了三十岁在学问上有所自立的话，后来“而立”就常被用作三十岁的代词。

〔3〕 生西 佛家语，往生西方、成佛的意思。佛家以西方为“净

土"或"极乐"世界。

〔4〕 上升　升天。道教认为,服食仙药能飞升成仙。

〔5〕 "今日之我与昨日之我战"　语出梁启超《清代学术概论》(1921年出版),他在书中说自己"不惜以今日之我,难昔日之我"。

长　城[1]

伟大的长城[2]!

这工程,虽在地图上也还有它的小像,凡是世界上稍有知识的人们,大概都知道的罢。

其实,从来不过徒然役死许多工人而已,胡人何尝挡得住。现在不过一种古迹了,但一时也不会灭尽,或者还要保存它。

我总觉得周围有长城围绕。这长城的构成材料,是旧有的古砖和补添的新砖。两种东西联为一气造成了城壁,将人们包围。

何时才不给长城添新砖呢?

这伟大而可诅咒的长城!

五月十一日。

*　　*　　*

〔1〕 本篇最初发表于1925年5月15日《莽原》周刊第四期。参看本书上篇注〔1〕。

〔2〕 长城　战国时,齐、楚、魏、燕、赵、秦等国都筑有长城。秦始皇统一全国后,为了防止北方游牧民族的侵扰,将秦、赵、燕三国的北边长城加以修缮,连贯为一。故址西起临洮(今甘肃岷县),北傍阴山,东

至辽东,俗称“万里长城”。此后一直到明朝,历代都有兴筑增修,形成今西起嘉峪关,东至山海关的长城,总长六千多公里,是世界历史上的伟人工程之一。

忽然想到[1]

七

大约是送报人忙不过来了,昨天不见报,今天才给补到,但是奇怪,正张上已经剪去了两小块;幸而副刊是完全的。那上面有一篇武者君的《温良》[2],又使我记起往事,我记得确曾用了这样一个糖衣的毒刺赠送过我的同学们。现在武者君也在大道上发见了两样东西了:凶兽和羊。但我以为这不过发见了一部分,因为大道上的东西还没有这样简单,还得附加一句,是:凶兽样的羊,羊样的凶兽。

他们是羊,同时也是凶兽;但遇见比他更凶的凶兽时便现羊样,遇见比他更弱的羊时便现凶兽样,因此,武者君误认为两样东西了。

我还记得第一次五四以后,军警们很客气地只用枪托,乱打那手无寸铁的教员和学生,威武到很像一队铁骑在苗田上驰骋;学生们则惊叫奔避,正如遇见虎狼的羊群。但是,当学生们成了大群,袭击他们的敌人时,不是遇见孩子也要推他摔几个觔斗么?在学校里,不是还唾骂敌人的儿子,使他非逃回家去不可么?这和古代暴君的灭族的意见,有什么区分!

我还记得中国的女人是怎样被压制,有时简直并羊而不如。现在托了洋鬼子学说的福,似乎有些解放了。但她一得到可以逞威的地位如校长之类,不就雇用了"掠袖擦掌"的打手似的男人,来威吓毫无武力的同性的学生们么?不是利用了外面正有别的学潮的时候,和一些狐群狗党趁势来开除她私意所不喜的学生们么?[3]而几个在"男尊女卑"的社会生长的男人们,此时却在异性的饭碗化身的面前摇尾,简直并羊而不如。羊,诚然是弱的,但还不至于如此,我敢给我所敬爱的羊们保证!

但是,在黄金世界还未到来之前,人们恐怕总不免同时含有这两种性质,只看发现时候的情形怎样,就显出勇敢和卑怯的大区别来。可惜中国人但对于羊显凶兽相,而对于凶兽则显羊相,所以即使显着凶兽相,也还是卑怯的国民。这样下去,一定要完结的。

我想,要中国得救,也不必添什么东西进去,只要青年们将这两种性质的古传用法,反过来一用就够了:对手如凶兽时就如凶兽,对手如羊时就如羊!

那么,无论什么魔鬼,就都只能回到他自己的地狱里去。

五月十日。

八

五月十二日《京报》的"显微镜"[4]下有这样的一条——

"某学究见某报上载教育总长'章士钉'五七呈文[5],

愀然曰:‘名字怪僻如此,非圣人之徒也,岂能为吾侪卫古文之道者乎!’”

因此想起中国有几个字,不但在白话文中,就是在文言文中也几乎不用。其一是这误印为“钉”的“钊”字,还有一个是“淦”字,大概只在人名里还有留遗。我手头没有《说文解字》[6],钊字的解释完全不记得了,淦则仿佛是船底漏水的意思。我们现在要叙述船漏水,无论用怎样古奥的文章,大概总不至于说“淦矣”了罢,所以除了印张国淦,孙嘉淦或新淦县[7]的新闻之外,这一粒铅字简直是废物。

至于“钊”,则化而为“钉”还不过一个小笑话;听说竟有人因此受害。曹锟[8]做总统的时代(那时这样写法就要犯罪),要办李大钊[9]先生,国务会议席上一个阁员说:“只要看他的名字,就知道不是一个安分的人。什么名字不好取,他偏要叫李大剑?!”于是乎办定了,因为这位“大剑”先生已经用名字自己证实,是“大刀王五”[10]一流人。

我在N的学堂[11]做学生的时候,也曾经因这“钊”字碰过几个小钉子,但自然因为我自己不“安分”。一个新的职员到校了,势派非常之大,学者似的,很傲然。可惜他不幸遇见了一个同学叫“沈钊”的,就倒了楣,因为他叫他“沈钧”,以表白自己的不识字。于是我们一见面就讥笑他,就叫他为“沈钧”,并且由讥笑而至于相骂。两天之内,我和十多个同学就迭连记了两小过两大过,再记一小过,就要开除了。但开除在我们那个学校里并不算什么大事件,大堂上还有军令,可以将学生杀头的。做那里的校长这才威风呢,——但那时的名目却叫作“总办”的，资格又须是候补道[12]。

假使那时也像现在似的专用高压手段，我们大概是早经“正法”，我也不会还有什么“忽然想到”的了。我不知怎的近来很有“怀古”的倾向，例如这回因为一个字，就会露出遗老似的“缅怀古昔”的口吻来。

五月十三日。

九

记得有人说过，回忆多的人们是没出息的了，因为他眷念从前，难望再有勇猛的进取；但也有说回忆是最为可喜的。前一说忘却了谁的话，后一说大概是 A. France[13]罢，——都由他。可是他们的话也都有些道理，整理起来，研究起来，一定可以消费许多功夫；但这都听凭学者们去干去，我不想来加入这一类高尚事业了，怕的是毫无结果之前，已经“寿终正寝”[14]。（是否真是寿终，真在正寝，自然是没有把握的，但此刻不妨写得好看一点。）我能谢绝研究文艺的酒筵，能远避开除学生的饭局，然而阎罗大王[15]的请帖，大概是终于没法“谨谢”的，无论你怎样摆架子。好，现在是并非眷念过去，而是遥想将来了，可是一样的没出息。管他娘的，写下去——

不动笔是为要保持自己的身分，[16]我近来才知道；可是动笔的九成九是为自己来辩护，则早就知道的了，至少，我自己就这样。所以，现在要写出来的，也不过是为自己的一封信——

FD 君：

记得一年或两年之前，蒙你赐书，指摘我在《阿 Q 正传》中写捉拿一个无聊的阿 Q 而用机关枪，是太远于事理。我当时没有答复你，一则你信上不写住址，二则阿 Q 已经捉过，我不能再邀你去看热闹，共同证实了。

但我前几天看报章，便又记起了你。报上有一则新闻，大意是学生要到执政府去请愿[17]，而执政府已于事前得知，东门上添了军队，西门上还摆起两架机关枪，学生不得入，终于无结果而散云。你如果还在北京，何妨远远地——愈远愈好——去望一望呢，倘使真有两架，那么，我就“振振有辞”了。

夫学生的游行和请愿，由来久矣。他们都是“郁郁乎文哉”[18]，不但绝无炸弹和手枪，并且连九节钢鞭，三尖两刃刀也没有，更何况丈八蛇矛和青龙掩月刀乎？至多，“怀中一纸书”而已，所以向来就没有闹过乱子的历史。现在可是已经架起机关枪来了，而且有两架！

但阿 Q 的事件却大得多了，他确曾上城偷过东西，未庄也确已出了抢案。那时又还是民国元年，那些官吏，办事自然比现在更离奇。先生！你想：这是十三年前的事呵。那时的事，我以为即使在《阿 Q 正传》中再给添上一混成旅[19]和八尊过山炮，也不至于“言过其实”的罢。

请先生不要用普通的眼光看中国。我的一个朋友从印度回来，说，那地方真古怪，每当自己走过恒河边，就觉得还要防被捉去杀掉而祭天[20]。我在中国也时时起这一类的恐惧。

普通认为 romantic[21]的，在中国是平常事；机关枪不装在土谷祠[22]外，还装到那里去呢？

一九二五年五月十四日，鲁迅上。

* * *

〔1〕 本篇最初分三次发表于1925年5月12日、18日、19日《京报副刊》。

〔2〕 武者君的《温良》 发表于1925年5月9日《京报副刊》。其中说："鲁迅先生曾在教室里指示出来我们是温良，像这样外面涂着蜜的形容辞，我们当然可以安心的承受，而且，或者可以尝出甜味来。""然而突然出了意外的事，……我的心是被刺刺伤！""我的意想里那可爱的温良面相渐渐模糊，那蜜，包在外面的那东西，已经消溶，致死的尝出含在那里面的毒质来！"又说："在途中，我迎送着来来往往的这老国度的人民，从他们的面相上，服饰上，动作上以及所有他们的一切，我发现了两批东西：凶兽和羊，踏践者和奴隶。"参看本书《后记》。

〔3〕 指女师大风潮。1924年秋，国立北京女子师范大学发生学生反对校长杨荫榆风潮，迁延数月未得解决。1925年1月，学生代表赴教育部诉述杨荫榆长校以来的种种黑暗情况，并发表宣言，要求撤换校长。同年4月，司法总长兼教育总长章士钊声言"整顿学风"，表示对杨荫榆的支持。杨荫榆遂于5月7日布置了一个演讲会，请校外名人演讲，以巩固她的校长地位。当天上午演讲会举行时她登台为主席，但即为全场学生的嘘声所赶走；下午她在西安饭店召集若干教员宴饮，策划对付学生。至9日，即以评议会名义开除学生自治会职员六人。作者当时是该校的讲师，平时对杨荫榆的行为多有目睹，风潮起后，他完全同情学生。这段文字，是他第一次就女师大事件发表议论。"捋袖擦

掌”一语,见于学生自治会为杨荫榆开除学生六人致评议会函中。对5月7日演讲会上发生冲突的情形,信中说:当时杨荫榆“强以校长名义,悍然登台为主席,事前不听自治会各部职员之婉劝,致有当场激动学生公愤,稍起冲突之事”,而杨即“厉声呼曰‘叫警察’,同时总务长吴沆,掠袖擦掌,势欲饱生等以老拳。”

〔4〕 “显微镜” 当时《京报》的一个栏目,刊登的都是短小轻松的文字。

〔5〕 五七呈文 1925年5月7日,北京学生因纪念“五七”国耻遭到镇压后,曾结队去章士钊住宅抗议,与巡警发生冲突。“五七呈文”即指章士钊为此事给段祺瑞的呈文。

〔6〕《说文解字》 我国最古的字书之一,汉代许慎著,共三十卷。据《说文解字》:钊,“刓也”;淦,“水入船中也”。

〔7〕 张国淦(1876—1959) 湖北蒲圻人,曾任北洋政府国务院秘书长、教育总长等职。孙嘉淦(1683—1753),山西兴县人,康熙进士,乾隆时官吏部尚书等职。新淦县,江西旧县名,即今新干县。

〔8〕 曹锟(1862—1938) 字仲珊,天津人,北洋军阀直系首领之一。1923年10月,他收买国会议员,以贿选得任中华民国总统,至1924年11月,在与奉系军阀张作霖作战失败后被迫退职。

〔9〕 李大钊(1889—1927) 字守常,河北乐亭人,马克思列宁主义在中国最初的传播者,中国共产党创始人之一。曾任北京大学教授兼图书馆主任、《新青年》杂志编辑。他领导了五四运动,帮助孙中山确定“联俄、联共、扶助农工”的三大政策和改组国民党的工作。中国共产党建党后他一直负责北方区的工作,领导反对北洋军阀的斗争,因而遭到当权的直系军阀曹锟、吴佩孚的压迫。1926年12月奉系军阀张作霖进入北京后,他被通缉,次年4月6日被捕,28日遇害。

〔10〕 “大刀王五” 即王正谊(1854—1900),字子斌,河北沧州

人，清末在北京开设源顺镖局，是著名镖客。后被八国联军所杀。

〔11〕 N的学堂　N指南京。作者于1898年夏至1902年初曾就读于南京的江南水师学堂和江南陆师学堂附设矿务铁路学堂。

〔12〕 候补道　即候补道员。道员是清代官职，分总管省以下、府州以上一个行政区域职务的道员和专管一省特定职务的道员。又清代官制，只有官衔但还没有实际职务的中下级官员，由吏部抽签分发到某部或某省，听候委用，称为候补。

〔13〕 A. France　法朗士（1844—1924），法国作家。著有长篇小说《波纳尔之罪》、《苔依丝》、《企鹅岛》等。

〔14〕 “寿终正寝”　《仪礼·士丧礼》有“死于适室”的话，据汉代郑玄注：“适室，正寝之室也。”即住房的正屋。寿终正寝，老年时在家中安然死去的意思，别于横死、客死或夭亡。

〔15〕 阎罗大王　即阎罗王，小乘佛教中所称的地狱主宰。《法苑珠林》卷十二中说：“阎罗王者，昔为毗沙国王，经与维陀如生王共战，兵力不敌，因立誓愿为地狱主。”

〔16〕 不动笔是为要保持自己的身分　陈西滢在1925年5月15日《京报副刊》上发表的给编者孙伏园的信中说：“一月以前，《京报副刊》登了几个剧评，中间牵涉西林的地方，都与事实不符……西林因为不屑自低身分去争辩，当然置之不理。”

〔17〕 学生到执政府去请愿　1925年5月9日，北京各校学生四千余人为了援救因纪念“五七”国耻被捕的学生，前往段祺瑞执政府请愿，要求释放被捕者，罢免教育总长章士钊、京师警察总监朱深。

〔18〕 “郁郁乎文哉”　语出《论语·八佾》：“周监于二代，郁郁乎文哉！”据朱熹注：“郁郁，文盛貌。”原指周朝的礼仪典章承传于夏商两代，丰富完备。这里借用为彬彬有礼的意思。

〔19〕 混成旅　旧时军队的一种编制，由步兵、骑兵、炮兵、工兵等兵种混合编成的独立旅。

〔20〕 恒河　南亚的大河，流经印度等国。在印度宗教神话中它被称作圣河。传说婆罗门教的主神湿婆神的“精力”化身婆婆娣，喜欢撕裂吞食带血而颤动的生肉。所以恒河一带信仰湿婆神的教徒“每年秋中，觅一人，质状端美，杀取血肉，用以祀之，以祈嘉福。”（见《大慈恩寺三藏法师传》卷三）“杀掉而祭天”可能指此。

〔21〕 Romantic　英语，音译“罗曼蒂克”。意为幻想的、离奇的。

〔22〕 土谷祠　土地庙。《阿Q正传》中阿Q的栖身所。

"碰壁"之后[1]

我平日常常对我的年青的同学们说:古人所谓"穷愁著书"[2]的话,是不大可靠的。穷到透顶,愁得要死的人,那里还有这许多闲情逸致来著书?我们从来没有见过候补的饿殍在沟壑边吟哦;鞭扑底下的囚徒所发出来的不过是直声的叫喊,决不会用一篇妃红俪白的骈体文[3]来诉痛苦的。所以待到磨墨吮笔,说什么"履穿踵决"[4]时,脚上也许早经是丝袜;高吟"饥来驱我去……"的陶征士[5],其时或者偏已很有些酒意了。正当苦痛,即说不出苦痛来,佛说极苦地狱中的鬼魂,也反而并无叫唤!

华夏大概并非地狱,然而"境由心造",我眼前总充塞着重迭的黑云,其中有故鬼,新鬼,游魂,牛首阿旁,畜生,化生,大叫唤,无叫唤,[6]使我不堪闻见。我装作无所闻见模样,以图欺骗自己,总算已从地狱中出离。

打门声一响,我又回到现实世界了。又是学校的事。我为什么要做教员?!想着走着,出去开门,果然,信封上首先就看见通红的一行字:国立北京女子师范大学。

我本就怕这学校,因为一进门就觉得阴惨惨,不知其所以然,但也常常疑心是自己的错觉。后来看到杨荫榆校长《致全体学生公启》[7]里的"须知学校犹家庭,为尊长者断无不爱家属之理，为幼稚者亦当体贴尊长之心”的话，就恍然了，原来我虽然在学校教书，也等于在杨家坐馆[8]，而这阴惨惨的气味，便是从“冷板凳”[9]里出来的。可是我有一种毛病，自己也疑心是自讨苦吃的根苗，就是偶尔要想想。所以恍然之后，即又有疑问发生：这家族人员——校长和学生——的关系是怎样的，母女，还是婆媳呢？

想而又想，结果毫无。幸而这位校长宣言多，竟在她《对于暴烈学生之感言》[10]里获得正确的解答了。曰，“与此曹子勃谿相向”，则其为婆婆无疑也。

现在我可以大胆地用“妇姑勃谿”[11]这句古典了。但婆媳吵架，与西宾[12]又何干呢？因为究竟是学校，所以总还是时常有信来，或是婆婆的，或是媳妇的。我的神经又不强，一闻打门而悔做教员者以此，而且也确有可悔的理由。

这一年她们的家务简直没有完，媳妇儿们不佩服婆婆做校长了，婆婆可是不歇手。这是她的家庭，怎么肯放手呢？无足怪的。而且不但不放，还趁“五七”之际，在什么饭店请人吃饭之后，开除了六个学生自治会的职员[13]，并且发表了那“须知学校犹家庭”的名论。

这回抽出信纸来一看，是媳妇儿们的自治会所发的，略谓：

> “旬余以来，校务停顿，百费待兴，若长此迁延，不特虚掷数百青年光阴，校务前途，亦岌岌不可终日。……”

底下是请教员开一个会，出来维持的意思的话，订定的时间是当日下午四点钟。

“去看一看罢。”我想。

这也是我的一种毛病，自己也疑心是自讨苦吃的根苗；明知道无论什么事，在中国是万不可轻易去“看一看”的，然而终于改不掉，所以谓之“病”。但是，究竟也颇熟于世故了，我想后，又立刻决定，四点太早，到了一定没有人，四点半去罢。

四点半进了阴惨惨的校门，又走进教员休息室。出乎意料之外！除一个打盹似的校役以外，已有两位教员坐着了。一位是见过几面的；一位不认识，似乎说是姓汪，或姓王，我不大听明白，——其实也无须。

我也和他们在一处坐下了。

“先生的意思以为这事情怎样呢？”这不识教员在招呼之后，看住了我的眼睛问。

“这可以由各方面说……。你问的是我个人的意见么？我个人的意见，是反对杨先生的办法的……。”

糟了！我的话没有说完，他便将他那灵便小巧的头向旁边一摇，表示不屑听完的态度。但这自然是我的主观；在他，或者也许本有将头摇来摇去的毛病的。

“就是开除学生的罚太严了。否则，就很容易解决……。”我还要继续说下去。

“嗡嗡。”他不耐烦似的点头。

我就默然，点起火来吸烟卷。

“最好是给这事情冷一冷……。”不知怎的他又开始发表他的“冷一冷”学说了。

“嗡嗡。瞧着看罢。”这回是我不耐烦似的点头，但终于多说了一句话。

我点头讫，瞥见坐前有一张印刷品，一看之后，毛骨便悚然起来。文略谓：

> “……第用学生自治会名义，指挥讲师职员，召集校务维持讨论会，……本校素遵部章，无此学制，亦无此办法，根本上不能成立。……而自闹潮以来……不能不筹正当方法，又有其他校务进行，亦待大会议决，兹定于（月之二十一日）下午七时，由校特请全体主任专任教员评议会会员在太平湖饭店开校务紧急会议，解决种种重要问题。务恳大驾莅临，无任盼祷！”

署名就是我所视为畏途的“国立北京女子师范大学”，但下面还有一个“启”字。我这时才知道我不该来，也无须“莅临”太平湖饭店，因为我不过是一个“兼任教员”。然而校长为什么不制止学生开会，又不预先否认，却要叫我到了学校来看这“启”的呢？我愤然地要质问了，举目四顾，两个教员，一个校役，四面砖墙带着门和窗门，而并没有半个负有答复的责任的生物。“国立北京女子师范学校”虽然能“启”，然而是不能答的。只有默默地阴森地四周的墙壁将人包围，现出险恶的颜色。

我感到苦痛了，但没有悟出它的原因。

可是两个学生来请开会了；婆婆终于没有露面。我们就走进会场去，这时连我已经有五个人；后来陆续又到了七八人。于是乎开会。

“为幼稚者”仿佛不大能够“体贴尊长之心”似的，很诉了许多苦。然而我们有什么权利来干预“家庭”里的事呢？而况太平湖饭店里又要“解决种种重要问题”了！但是我也说明了几句我所以来校的理由，并要求学校当局今天缩头缩脑办法的解答。然而，举目四顾，只有媳妇儿们和西宾，砖墙带着门和窗门，而并没有半个负有答复的责任的生物！

我感到苦痛了，但没有悟出它的原因。

这时我所不识的教员和学生在谈话了；我也不很细听。但在他的话里听到一句“你们做事不要碰壁”，在学生的话里听到一句“杨先生就是壁”，于我就仿佛见了一道光，立刻知道我的痛苦的原因了。

碰壁，碰壁！我碰了杨家的壁了！

其时看看学生们，就像一群童养媳……。

这一种会议是照例没有结果的，几个自以为大胆的人物对于婆婆稍加微辞之后，即大家走散。我回家坐在自己的窗下的时候，天色已近黄昏，而阴惨惨的颜色却渐渐地退去，回忆到碰壁的学说，居然微笑起来了。

中国各处是壁，然而无形，像“鬼打墙”[14]一般，使你随时能“碰”。能打这墙的，能碰而不感到痛苦的，是胜利者。——但是，此刻太平湖饭店之宴已近阑珊，大家都已经吃到冰其淋，在那里“冷一冷”了罢……。

我于是仿佛看见雪白的桌布已经沾了许多酱油渍，男男女女围着桌子都吃冰其淋，而许多媳妇儿，就如中国历来的大多数媳妇儿在苦节的婆婆脚下似的，都决定了暗淡的运命。

我吸了两支烟，眼前也光明起来，幻出饭店里电灯的光彩,看见教育家在杯酒间谋害学生,看见杀人者于微笑后屠戮百姓,看见死尸在粪土中舞蹈,看见污秽洒满了风籁琴,我想取作画图,竟不能画成一线。我为什么要做教员,连自己也侮蔑自己起来。但是织芳[15]来访我了。

我们闲谈之间,他也忽而发感慨——

“中国什么都黑暗,谁也不行,但没有事的时候是看不出来的。教员咧,学生咧,烘烘烘,烘烘烘,真像一个学校,一有事故,教员也不见了,学生也慢慢躲开了;结局只剩下几个傻子给大家做牺牲,算是收束。多少天之后,又是这样的学校,躲开的也出来了,不见的也露脸了,‘地球是圆的’咧,‘苍蝇是传染病的媒介’咧,又是学生咧,教员咧,烘烘烘……。”

从不像我似的常常“碰壁”的青年学生的眼睛看来,中国也就如此之黑暗么?然而他们仅有微弱的呻吟,然而一呻吟就被杀戮了!

五月二十一日夜。

*　　*　　*

〔1〕 本篇最初发表于1925年6月1日《语丝》周刊第二十九期。

〔2〕 “穷愁著书” 语出《史记·虞卿传》:“虞卿非穷愁亦不能著书以自见于后世。”虞卿,战国时赵国的上卿。

〔3〕 骈体文 我国古代的一种文体,以四字和六字的句子相间对偶排比,又称“四六体”。盛行于南北朝,讲究对仗工整、声律和谐、词藻华丽。“妃红俪白”就是骈体文句,红白相对的意思。

〔4〕 “履穿踵决” 鞋子破旧,脚跟露出的意思。《庄子·山

木》:"衣弊履穿,贫也。"又《庄子·让王》:"曾子居卫……十年不制衣……纳屦而踵决。"

〔5〕 陶征士 指陶渊明(约372—427),名潜,字元亮,浔阳柴桑(今江西九江)人,东晋诗人。安帝义熙末年(418),征召他为著作郎,不就,因此被称为"征士"。"饥来驱我去",见他的《乞食》诗:"饥来驱我去,不知竟何之。"

〔6〕 牛首阿旁 地狱中牛头人身的鬼卒;畜生、化生,轮回中的转生,化生指无所依托,由"业"而生;大叫唤、无叫唤,地狱中的鬼魂。这些都是佛家语。

〔7〕 杨荫榆(1884—1938) 江苏无锡人。曾留学日本、美国,当时任国立北京女子师范大学校长,因压制学生引起反抗。在1925年女师大学潮中,她于5月9日借故开除学生自治会职员六人,并于次日发表《致全体学生公启》,其中说:"顷者不幸,少数学生滋事,犯规至于出校,初时一再隐忍,无非委曲求全。至于今日,续成绝望,乃有此万不得已之举。须知学校犹家庭,为尊长者,断无不爱家属之理,为幼稚者,亦当体贴尊长之心。"(见1925年5月11日《晨报》)

〔8〕 坐馆 旧时对当家庭教师的俗称。

〔9〕 "冷板凳" 清代范寅《越谚》:"谑塾师曰:'坐冷板凳'。"意思是冷落的职位,也泛指受到冷遇、无事可为。

〔10〕《对于暴烈学生之感言》 这是杨荫榆开除学生自治会职员六人后离校迁居饭店时所散发,其中说:"若夫拉杂谰言,龂龁笔舌,与此曹子勃谿相向,憎口纵极鼓簧,自待不宜过薄。……梦中多曹社之谋,心上有杞天之虑;然而人纪一日犹存,公理百年自在。"(见1925年5月20日《晨报》)

〔11〕 "妇姑勃谿" 语出《庄子·外物》:"室无空虚,则妇姑勃

豁。”婆媳吵架的意思。

〔12〕 西宾　同西席。旧时对家塾教师或幕友的敬称。

〔13〕 六个学生自治会的职员　即蒲振声、张平江、郑德音、刘和珍、许广平、姜伯谛。

〔14〕 “鬼打墙”　旧时的一种迷信：夜间走路，有时会在一个地方转来转去，找不出应走的路来，就认为是被鬼用无形的墙壁拦住，叫做“鬼打墙”。

〔15〕 织芳　即荆有麟（1903—1951），笔名织芳，山西猗氏人。他曾在北京世界语专门学校听过作者的课，当时参加《莽原》的编辑工作。1927年后任职于国民党军政部门，加入特务组织“中统”。

并非闲话[1]

凡事无论大小，只要和自己有些相干，便不免格外警觉。即如这一回女子师范大学的风潮，我因为在那里担任一点钟功课，也就感到震动，而且就发了几句感慨，登在五月十二的《京报副刊》上[2]。自然，自己也明知道违了“和光同尘”[3]的古训了，但我就是这样，并不想以骑墙或阴柔来买人尊敬。三四天之后，忽然接到一本《现代评论》[4]十五期，很觉得有些稀奇。这一期是新印的，第一页上目录已经整齐（初版字有参差处），就证明着至少是再版。我想：为什么这一期特别卖的多，送的多呢，莫非内容改变了么？翻开初版来，校勘下去，都一样；不过末叶的金城银行的广告已经杳然，所以一篇《女师大的学潮》[5]就赤条条地露出。我不是也发过议论的么？自然要看一看，原来是赞成杨荫榆校长的，和我的论调正相反。做的人是“一个女读者”。

中国原是玩意儿最多的地方，近来又刚闹过什么“琴心是否女士”[6]问题，我于是心血来潮，忽而想：又捣什么鬼，装什么佯了？但我即刻不再想下去，因为接着就起了别一个念头，想到近来有些人，凡是自己善于在暗中播弄鼓动的，一看见别人明白质直的言动，便往往反噬他是播弄和鼓动，是某党，是某系；正如偷汉的女人的丈夫，总愿意说世人全是忘八，和他相同,他心里才觉舒畅。这种思想是卑劣的;我太多心了,人们也何至于一定用裙子来做军旗。我就将我的念头打断了。

此后,风潮还是拖延着,而且展开来,于是有七个教员的宣言[7]发表,也登在五月二十七日的《京报》上,其中的一个是我。

这回的反响快透了,三十日发行(其实是二十九日已经发卖)的《现代评论》上,西滢先生[8]就在《闲话》的第一段中特地评论。但是,据说宣言是"《闲话》正要付印的时候"才在报上见到的,所以前半只论学潮,和宣言无涉。后来又做了三大段,大约是见了宣言之后,这才文思泉涌的罢,可是《闲话》付印的时间,大概总该颇有些耽误了。但后做而移在前面,也未可知。那么,足见这是一段要紧的"闲话"。

《闲话》中说,"以前我们常常听说女师大的风潮,有在北京教育界占最大势力的某籍某系的人在暗中鼓动,可是我们总不敢相信。"所以他只在宣言中摘出"最精彩的几句",加上圈子,评为"未免偏袒一方";而且因为"流言更加传布得厉害",遂觉"可惜",但他说"还是不信我们平素所很尊敬的人会暗中挑剔风潮"。这些话我觉得确有些超妙的识见。例如"流言"本是畜类的武器,鬼蜮的手段,实在应该不信它。又如一查籍贯,则即使装作公平,也容易启人疑窦,总不如"不敢相信"的好,否则同籍的人固然惮于在一张纸上宣言,而别一某籍的人也不便在暗中给同籍的人帮忙[9]了。这些"流言"和"听说",当然都只配当作狗屁!

但是，西滢先生因为“未免偏袒一方”而遂叹为“可惜”，仍是引用“流言”，我却以为是“可惜”的事。清朝的县官坐堂，往往两造各责小板五百完案，“偏袒”之嫌是没有了，可是终于不免为胡涂虫。假使一个人还有是非之心，倒不如直说的好；否则，虽然吞吞吐吐，明眼人也会看出他暗中“偏袒”那一方，所表白的不过是自己的阴险和卑劣。宣言中所谓“若离若合，殊有混淆黑白之嫌”者，似乎也就是为此辈的手段写照。而且所谓“挑剔风潮”的“流言”，说不定就是这些伏在暗中，轻易不大露面的东西所制造的，但我自然也“没有调查详细的事实，不大知道”。可惜的是西滢先生虽说“还是不信”，却已为我辈“可惜”，足见流言之易于惑人，无怪常有人用作武器。但在我，却直到看见这《闲话》之后，才知道西滢先生们原来“常常”听到这样的流言，并且和我偶尔听到的都不对。可见流言也有种种，某种流言，大抵是奔凑到某种耳朵，写出在某种笔下的。

但在《闲话》的前半，即西滢先生还未在报上看见七个教员的宣言之前，已经比学校为“臭毛厕”，主张“人人都有扫除的义务”了。[10]为什么呢？一者报上两个相反的启事已经发现；二者学生把守校门；三者有“校长不能在学校开会，不得不借邻近的饭店招集教员开会的奇闻”。但这所述的“臭毛厕”的情形还得修改些，因为层次有点颠倒。据宣言说，则“饭店开会”，乃在“把守校门”之前，大约西滢先生觉得不“最精彩”，所以没有摘录，或者已经写好，所以不及摘录的罢。现在我来补摘几句，并且也加些圈子，聊以效颦——

"……迨五月七日校内讲演时，学生劝校长杨荫榆先生退席后，杨先生乃于饭馆召集校员若干燕饮，继即以评议会名义，将学生自治会职员六人揭示开除，由是全校哗然，有坚拒杨先生长校之事变。……"

《闲话》里的和这事实的颠倒，从神经过敏的看起来，或者也可以认为"偏袒"的表现；但我在这里并非举证，不过聊作插话而已。其实，"偏袒"两字，因我适值选得不大堂皇，所以使人厌观，倘用别的字，便会大大的两样。况且，即使是自以为公平的批评家，"偏袒"也在所不免的，譬如和校长同籍贯，或是好朋友，或是换帖兄弟，或是叨过酒饭，每不免于不知不觉间有所"偏袒"。这也算人情之常，不足深怪；但当侃侃而谈之际，那自然也许流露出来。然而也没有什么要紧，局外人那里会知道这许多底细呢，无伤大体的。

但是学校的变成"臭毛厕"，却究竟在"饭店召集教员"之后，酒醉饭饱，毛厕当然合用了。西滢先生希望"教育当局"打扫，我以为在打扫之前，还须先封饭店，否则醉饱之后，总要拉矢，毛厕即永远需用，怎么打扫得干净？而且，还未打扫之前，不是已经有了"流言"了么？流言之力，是能使粪便增光，蛆虫成圣的，打扫夫又怎么动手？姑无论现在有无打扫夫。

至于"万不可再敷衍下去"，那可实在是斩钉截铁的办法。正应该这样办。但是，世上虽然有斩钉截铁的办法，却很少见有敢负责任的宣言。所多的是自在黑幕中，偏说不知道；替暴君奔走，却以局外人自居；满肚子怀着鬼胎，而装出公允的笑脸；有谁明说出自己所观察的是非来的，他便用了"流言”来作不负责任的武器:这种蛆虫充满的“臭毛厕”,是难于打扫干净的。丢尽“教育界的面目”的丑态,现在和将来还多着哩!

五月三十日。

* * *

〔1〕 本篇最初发表于1925年6月1日《京报副刊》。

〔2〕 即收入本书的《忽然想到》之七。

〔3〕 “和光同尘” 语出《老子》:“和其光,同其尘。”随和的意思。

〔4〕 《现代评论》 综合性周刊,1924年12月创刊于北京,1927年移至上海出版,1928年底出至第九卷第二〇九期停刊。署“现代评论社”编,主要撰稿人有胡适、陈西滢、王世杰、唐有壬、徐志摩等,当时被称为“现代评论派”。在1925年北京女师大风潮及其后的五卅运动、三一八惨案中,发表过不少诋毁革命群众运动的言论。

〔5〕 《女师大的学潮》 这是一篇署名为“一个女读者”给《现代评论》记者的信,载于该刊第一卷第十五期(1925年3月21日)。主要意思是说:女师大学生迭次驱杨的“那些宣言书中所列举杨氏的罪名,既大都不能成立罪名……而这回风潮的产生和发展,校内校外尚别有人在那里主使。”又说“女师大是中国唯一的女子大学;杨氏也是充任大学校长的唯一的中国女子……我们应否任她受教育当局或其他任何方面的排挤攻击?我们女子应否自己还去帮着摧残她?”

〔6〕 “琴心是否女士” 1925年1月,北京女师大新年同乐会演出北大学生欧阳兰所作独幕剧《父亲的归来》,内容几乎完全抄袭日本菊池宽所著的《父归》,经人在《京报副刊》上指出后,除欧阳兰本人作

文答辩外,还出现了署名“琴心”的女师大学生,也作文为他辩护。不久,又有人揭发欧阳兰所作的“寄S妹”《有翅的情爱》系抄袭郭沫若译的雪莱诗,这位“琴心”和另一“雪纹女士”又一连写几篇文字替他分辩。但事实上,所谓“琴心”女士,是欧阳兰的女友夏雪纹(当时在女师大读书,即S妹)的别号,而署名“琴心”和“雪纹女士”的文字,都是欧阳兰自己作的。按欧阳兰作有诗集《夜莺》,1924年5月蔷薇社出版,内收有《寄S妹》一诗。

〔7〕 七个教员的宣言 即由鲁迅起草的《对于北京女子师范大学风潮宣言》(收入《集外集拾遗补编》)。这是针对杨荫榆开除学生自治会职员和她的《对于暴烈学生之感言》而发的,由马裕藻、沈尹默、周树人、李泰棻、钱玄同、沈兼士、周作人七人署名。文中说:“六人学业,俱非不良,至于品性一端,平素尤绝无惩戒记过之迹,以此与开除并论,而又若离若合,殊有混淆黑白之嫌。”

〔8〕 西滢 陈源(1896—1970),字通伯,笔名西滢,江苏无锡人,现代评论派的主要成员。曾留学英国,当时任北京大学教授。他在《现代评论》第一卷第二十五期(1925年5月30日)的《闲话》中说:“《闲话》正要付印的时候,我们在报纸上看见女师大七教员的宣言。以前我们常常听说女师大的风潮,有在北京教育界占最大势力的某籍某系的人在暗中鼓动,可是我们总不敢相信。这个宣言语气措辞,我们看来,未免过于偏袒一方,不大公允,看文中最精采的几句就知道了。(摘句略)这是很可惜的。我们自然还是不信我们平素所很尊敬的人会暗中挑剔风潮,但是这篇宣言一出,免不了流言更加传布得厉害了。”按某籍,指浙江;某系指当时北京大学国文系。发表宣言的七人除李泰棻外,都是浙江人和北京大学国文系教授。

〔9〕 给同籍的人帮忙 指陈西滢给杨荫榆帮忙,他们都是江苏无锡人。

〔10〕 陈西滢比女师大为“臭毛厕”的议论，原话是：“女师大的风潮，究竟学生是对的还是错的，反对校长的是少数还是多数，我们没有调查详细的事实，无从知道。我们只觉得这次闹得太不像样了。同系学生同时登两个相反的启事已经发现了。学生把守校门，误认了一个缓缓驶行的汽车为校长回校而群起包围它的笑话，也到处流传了。校长不能在学校开会，不得不借临近饭店招集教员会议的奇闻，也见于报章了。学校的丑态既然毕露，教育界的面目也就丢尽。到了这种时期，实在旁观的人也不能再让它酝酿下去，好像一个臭毛厕，人人都有扫除的义务。在这时候劝学生们不为过甚，或是劝杨校长辞职引退，都无非粉刷毛厕，并不能解决根本的问题。我们以为教育当局应当切实的调查这次风潮的内容……万不可再敷衍姑息下去，以至将来要整顿也没有了办法。”

我的“籍”和“系”[1]

虽然因为我劝过人少——或者竟不——读中国书，曾蒙一位不相识的青年先生赐信要我搬出中国去，[2]但是我终于没有走。而且我究竟是中国人，读过中国书的，因此也颇知道些处世的妙法。譬如，假使要掉文袋[3]，可以说说“桃红柳绿”，这些事是大家早已公认的，谁也不会说你错。如果论史，就赞几句孔明，骂一通秦桧[4]，这些是非也早经论定，学述一回决没有什么差池；况且秦太师的党羽现已半个无存，也可保毫无危险。至于近事呢，勿谈为佳，否则连你的籍贯也许会使你由可“尊敬”而变为“可惜”的。

我记得宋朝是不许南人做宰相的，那是他们的“祖制”，只可惜终于不能坚持。[5]至于“某籍”人说不得话，却是我近来的新发见。也还是女师大的风潮，我说了几句话。但我先要声明，我既然说过，颇知道些处世的妙法，为什么又去说话呢？那是，因为，我是见过清末捣乱的人，没有生长在太平盛世，所以纵使颇有些涵养工夫，有时也不免要开口，客气地说，就是大不“安分”的。于是乎我说话了，不料陈西滢先生早已常常听到一种“流言”，那大致是“女师大的风潮，有北京教育界占最大势力的某籍某系的人在暗中鼓动”。现在我一说话，恰巧化“暗”为“明”，就使这常常听到流言的西滢先生代为“可惜”，虽然他存心忠厚，“自然还是不信平素所很尊敬的人会暗中挑剔风潮”；无奈“流言”却“更加传布得厉害了”，这怎不使人“怀疑”[6]呢？自然是难怪的。

我确有一个“籍”，也是各人各有一个的籍，不足为奇。但我是什么“系”呢？自己想想，既非“研究系”，也非“交通系”[7]，真不知怎么一回事。只好再精查，细想；终于也明白了，现在写它出来，庶几乎免得又有“流言”，以为我是黑籍的政客。

因为应付某国某君[8]的嘱托，我正写了一点自己的履历，第一句是“我于一八八一年生在浙江省绍兴府城里一家姓周的家里”，这里就说明了我的“籍”。但自从到了“可惜”的地位之后，我便又在末尾添上一句道，“近几年我又兼做北京大学，师范大学，女子师范大学的国文系讲师”，这大概就是我的“系”了。我真不料我竟成了这样的一个“系”。

我常常要“挑剔”文字是确的，至于“挑剔风潮”这一种连字面都不通的阴谋，我至今还不知道是怎样的做法。何以一有流言，我就得沉默，否则立刻犯了嫌疑，至于使和我毫不相干的人如西滢先生者也来代为“可惜”呢？那么，如果流言说我正在钻营，我就得自己锁在房里了；如果流言说我想做皇帝，我就得连忙自称奴才了。然而古人却确是这样做过了，还留下些什么“空穴来风，桐乳来巢”[9]的鬼格言。可惜我总不耐烦敬步后尘；不得已，我只好对于无论是谁，先奉还他无端送给我的“尊敬”。

其实，现今的将“尊敬”来布施和拜领的人们，也就都是上了古人的当。我们的乏的古人想了几千年,得到一个制驭别人的巧法:可压服的将他压服,否则将他抬高。而抬高也就是一种压服的手段,常常微微示意说,你应该这样,倘不,我要将你摔下来了。求人尊敬的可怜虫于是默默地坐着;但偶然也放开喉咙道"有利必有弊呀!""彼亦一是非,此亦一是非[10]呀!""猗欤休哉[11]呀!"听众遂亦同声赞叹道,"对呀对呀,可敬极了呀!"这样的互相敷衍下去,自己以为有趣。

从此这一个办法便成为八面锋[12],杀掉了许多乏人和白痴,但是穿了圣贤的衣冠入殓。可怜他们竟不知道自己将褒贬他的人们的身价估得太大了,反至于连自己的原价也一同失掉。

人类是进化的,现在的人心,当然比古人的高洁;但是"尊敬"的流毒,却还不下于流言,尤其是有谁装腔作势,要来将这撒去时,更足使乏人和白痴惶恐。我本来也无可尊敬;也不愿受人尊敬,免得不如人意的时候,又被人摔下来。更明白地说罢:我所憎恶的太多了,应该自己也得到憎恶,这才还有点像活在人间;如果收得的乃是相反的布施,于我倒是一个冷嘲,使我对于自己也要大加侮蔑;如果收得的是吞吞吐吐的不知道算什么,则使我感到将要呕哕似的恶心。然而无论如何,"流言"总不能吓哑我的嘴……。

六月二日晨。

*　　*　　*

〔1〕 本篇最初发表于1925年6月5日《莽原》周刊第七期。

〔2〕 指署名“瞎嘴”写于1925年3月5日的致作者的信。这封信指责作者的《青年必读书》，其中说：“我诚恳的希望：一、鲁迅先生是感觉‘现在青年最要紧的是“行”，不是“言”’，所以敢请你出来作我们一般可怜的青年的领袖先搬到外国（连家眷）去，然后我要做个摇旗呐喊的小卒。二、鲁迅先生搬家到外国后，我们大家都应马上搬去。”（按着重号系原信所有）

〔3〕 掉文袋　亦作掉书袋。《南唐书·彭利用传》：“言必据书史，断章破句，以代常谈，俗谓之掉书袋。”

〔4〕 孔明　诸葛亮（181—234），字孔明，琅琊阳都（今山东沂南）人，三国时的政治家和军事家。曾任蜀汉丞相。秦桧（1090—1155），字会之，江宁（治今南京）人。北宋靖康时为金兵所掳，得金主赏识，被遣返；南宋绍兴年间曾两任宰相，加太师衔，是主张降金的内奸，诬杀抗金名将岳飞的主谋。

〔5〕 关于宋朝不许南人做宰相，据宋代笔记小说《道山清话》（著者不详）载：“太祖（赵匡胤）尝有言，不用南人为相，实录、国史皆载，陶谷《开基万年录》、《开宝史谱》言之甚详，皆言太祖亲写‘南人不得坐吾此堂’，刻石政事堂上。”这个“祖制”，在真宗天禧元年（1017）王钦若（江西新喻人）做了宰相后，就被打破。

〔6〕 指陈西滢。他在《现代评论》第一卷第二十五期（1925年5月30日）发表的《闲话》中说：“以前学校闹风潮，学生几乎没有对的，现在学校闹风潮，学生几乎没有错的。这可以说是今昔言论界的一种信条。在我这种喜欢怀疑的人看来，这两种观念都无非是迷信。”

〔7〕 “研究系”　1916年袁世凯死后，黎元洪继任北洋政府总统，并恢复国会；段祺瑞以国务总理的职位掌握实权，与黎发生“府院之争”。原进步党首领梁启超、汤化龙等于9月组织“宪法研究会”，支持段祺瑞，这个政客集团被称为“研究系”。“交通系”，1913年袁世凯的

秘书长兼交通银行总理梁士诒曾奉命组织他的部属为“公民党”，充当袁世凯当选总统和复辟帝制的工具，这个政客集团被称为“交通系”。

〔8〕 某君 指苏联人王希礼，原名瓦西里耶夫（Б. А. Васильев，？—1937），俄文本《阿Q正传》的最初翻译者，当时是在河南的国民军第二军俄国顾问团成员。作者曾为他的译本写过序及《著者自叙传略》，后均编入《集外集》。

〔9〕 “空穴来风，桐乳来巢” 语出《文选》宋玉《风赋》李善注引《庄子》（佚文）：“空阅来风，桐乳致巢。”据晋代司马彪注：“门户孔空，风善从之；桐子似乳，著其叶而生，其叶似箕，鸟喜巢其中也。”这里的意思是说：流言之来，一定是本有可乘之隙的缘故。

〔10〕 “彼亦一是非，此亦一是非” 语出《庄子·齐物论》：“是亦彼也，彼亦是也。彼亦一是非，此亦一是非。”

〔11〕 “猗欤休哉” 古汉语中的叹美词。

〔12〕 八面锋 锋利无比的意思。清代陈春在《永嘉先生八面锋》（传为南宋陈傅良著）一书的跋文中说：“物之不可犯者锋，锋而至于八，则面面相当，往无不利。”

咬文嚼字[1]

三

自从世界上产生了“须知学校犹家庭”的名论之后，颇使我觉得惊奇，想考查这家庭的组织。后来，幸而在《国立北京女子师范大学校长杨荫榆对于暴烈学生之感言》中，发见了“与此曹子勃豀相向”这一句话，才算得到一点头绪：校长和学生的关系是“犹”之“妇姑”。于是据此推断，以为教员都是杂凑在杨府上的西宾，将这结论在《语丝》上发表[2]。“可惜”！昨天偶然在《晨报》上拜读“该校哲教系教员兼代主任汪懋祖以彼之意见书投寄本报”[3]的话，这才知道我又错了，原来都是弟兄，而且现正“相煎益急”，像曹操的儿子阿丕和阿植[4]似的。

但是，尚希原谅，我于引用的原文上都不加圈了。只因为我不想圈，并非文章坏。

据考据家说，这曹子建的《七步诗》[5]是假的。但也没有什么大相干，姑且利用它来活剥一首，替豆萁伸冤：

煮豆燃豆萁，萁在釜下泣——

我烬你熟了，正好办教席！

六月五日。

*　　*　　*

〔1〕　本篇最初发表于1925年6月7日《京报副刊》。

〔2〕　即收入本书的《“碰壁”之后》。

〔3〕　汪懋祖(1891—1949)　字典存,江苏吴县人,曾留学美国,当时任女师大教授、哲学系代主任。杨荫榆宴请评议员于西安饭店,他也列席。他在这篇致“全国教育界”的意见书(载1925年6月2日《晨报》)中说:“杨校长之为人,颇有刚健之气,欲努力为女界争一线光明,凡认为正义所在,虽赴汤蹈火,有所不辞。今反杨者,相煎益急,鄙人排难计穷,不敢再参末议。”

〔4〕　曹操(155—220)　字孟德,沛国谯(今安徽亳县)人。二十岁举孝廉,汉献帝时官至丞相,封魏王。曹丕篡汉后追尊为武帝。他是政治家、军事家,又是诗人。他和其子曹丕、曹植,都喜欢延揽文士,奖励文学,为当时文坛的领袖人物。后人把他的诗文编为《魏武帝集》。阿丕,即曹丕(187—226),字子桓,曹操的次子(按操长子名昂字子修,随操征张绣阵亡,故一般都以曹丕为操的长子)。建安二十五年(220)废汉献帝自立为帝,即魏文帝。他爱好文学,创作之外,兼擅批评,所著《典论》,《隋书·经籍志》著录五卷,已佚,严可均《全三国文》内有辑佚一卷。阿植,即曹植(192—232),字子建,曹操的第三子。曾封东阿王,后封陈王,死谥思,后世称陈思王。他是建安时代重要诗人之一,流传下来的著作,以清代丁晏所编的《曹集诠评》搜罗较为完备。

〔5〕　《七步诗》　《世说新语·文学》载:“文帝尝令东阿王七步中作诗,不成者行大法;应声便为诗曰:‘煮豆持作羹,漉菽以为汁。萁在釜下燃,豆在釜中泣。本自同根生,相煎何太急。’”明代冯惟讷《古诗纪》选录此诗,注云“本集不载”,并附录四句的一首:“煮豆燃豆萁,豆在釜中泣。本是同根生,相煎何太急。”清代丁晏的《曹集诠评》中关于此诗也说:“《诗纪》云‘本集不载’,疑出附会。”

忽然想到[1]

十

无论是谁，只要站在“辩诬”的地位的，无论辩白与否，都已经是屈辱。更何况受了实际的大损害之后，还得来辩诬。

我们的市民被上海租界的英国巡捕击杀了，[2]我们并不还击，却先来赶紧洗刷牺牲者的罪名[3]。说道我们并非“赤化”，因为没有受别国的煽动；说道我们并非“暴徒”，因为都是空手，没有兵器的。我不解为什么中国人如果真使中国赤化，真在中国暴动，就得听英捕来处死刑？记得新希腊人也曾用兵器对付过国内的土耳其人，[4]却并不被称为暴徒；俄国确已赤化多年了，也没有得到别国开枪的惩罚。而独有中国人，则市民被杀之后，还要皇皇然辩诬，张着含冤的眼睛，向世界搜求公道。

其实，这原由是很容易了然的，就因为我们并非暴徒，并未赤化的缘故。

因此我们就觉得含冤，大叫着伪文明的破产。可是文明是向来如此的，并非到现在才将假面具揭下来。只因为这样的损害，以前是别民族所受，我们不知道，或者是我们原已屡次受过，现在都已忘却罢了。公道和武力合为一体的文明，世界上本未出现，那萌芽或者只在几个先驱者和几群被迫压民族的脑中。但是，当自己有了力量的时候，却往往离而为二了。

但英国究竟有真的文明人存在。今天，我们已经看见各国无党派智识阶级劳动者所组织的国际工人后援会，大表同情于中国的《致中国国民宣言》〔5〕了。列名的人，英国就有培那特萧(Bernard Shaw)〔6〕，中国的留心世界文学的人大抵知道他的名字；法国则巴尔布斯(Henri Barbusse)〔7〕，中国也曾译过他的作品。他的母亲却是英国人；或者说，因此他也富有实行的质素，法国作家所常有的享乐的气息，在他的作品中是丝毫也没有的。现在都出而为中国鸣不平了，所以我觉得英国人的品性，我们可学的地方还多着，——但自然除了捕头，商人，和看见学生的游行而在屋顶拍手嘲笑的娘儿们。

我并非说我们应该做"爱敌若友"的人，不过说我们目下委实并没有认谁作敌。近来的文字中，虽然偶有"认清敌人"这些话，那是行文过火的毛病。倘有敌人，我们就早该抽刃而起，要求"以血偿血"了。而现在我们所要求的是什么呢？辩诬之后，不过想得点轻微的补偿；那办法虽说有十几条〔8〕，总而言之，单是"不相往来"，成为"路人"而已。虽是对于本来极密的友人，怕也不过如此罢。

然而将实话说出来，就是：因为公道和实力还没有合为一体，而我们只抓得了公道，所以满眼是友人，即使他加了任意的杀戮。

如果我们永远只有公道，就得永远着力于辩诬，终身空忙碌。这几天有些纸贴在墙上，仿佛叫人勿看《顺天时报》[9]似的。我从来就不大看这报，但也并非“排外”，实在因为它的好恶，每每和我的很不同。然而也间有很确，为中国人自己不肯说的话。大概两三年前，正值一种爱国运动的时候罢，偶见一篇它的社论[10]，大意说，一国当衰弊之际，总有两种意见不同的人。一是民气论者，侧重国民的气概，一是民力论者，专重国民的实力。前者多则国家终亦渐弱，后者多则将强。我想，这是很不错的；而且我们应该时时记得的。

可惜中国历来就独多民气论者，到现在还如此。如果长此不改，“再而衰，三而竭”[11]，将来会连辩诬的精力也没有了。所以在不得已而空手鼓舞民气时，尤必须同时设法增长国民的实力，还要永远这样的干下去。

因此，中国青年负担的烦重，就数倍于别国的青年了。因为我们的古人将心力大抵用到玄虚漂渺平稳圆滑上去了，便将艰难切实的事情留下，都待后人来补做，要一人兼做两三人，四五人，十百人的工作，现在可正到了试练的时候了。对手又是坚强的英人，正是他山的好石[12]，大可以借此来磨练。假定现今觉悟的青年的平均年龄为二十，又假定照中国人易于衰老的计算，至少也还可以共同抗拒，改革，奋斗三十年。不够，就再一代，二代……。这样的数目，从个体看来，仿佛是可怕的，但倘若这一点就怕，便无药可救，只好甘心灭亡。因为在民族的历史上，这不过是一个极短时期，此外实没有更快的捷径。我们更无须迟疑，只是试练自己，自求生存，对谁也不怀恶意的干下去。

但足以破灭这运动的持续的危机，在目下就有三样：一是日夜偏注于表面的宣传，鄙弃他事；二是对同类太操切，稍有不合，便呼之为国贼，为洋奴；三是有许多巧人，反利用机会，来猎取自己目前的利益。

六月十一日。

十一

1　急不择言

“急不择言”的病源，并不在没有想的工夫，而在有工夫的时候没有想。

上海的英国捕头残杀市民之后，我们就大惊愤，大嚷道：伪文明人的真面目显露了！那么，足见以前还以为他们有些真文明。然而中国有枪阶级的焚掠平民，屠杀平民，却向来不很有人抗议。莫非因为动手的是“国货”，所以连残杀也得欢迎；还是我们原是真野蛮，所以自己杀几个自家人就不足为奇呢？

自家相杀和为异族所杀当然有些不同。譬如一个人，自己打自己的嘴巴，心平气和，被别人打了，就非常气忿。但一个人而至于乏到自己打嘴巴，也就很难免为别人所打，如果世界上“打”的事实还没有消除。

我们确有点慌乱了，反基督教的叫喊〔13〕的尾声还在，而许多人已颇佩服那教士的对于上海事件的公证〔14〕；并且还有去向罗马教皇诉苦[15]的。一流血,风气就会这样的转变。

2 一致对外

甲:“喂,乙先生! 你怎么趁我忙乱的时候,又将我的东西拿走了? 现在拿出来,还我罢!”

乙:“我们要一致对外! 这样危急时候,你还只记得自己的东西么? 亡国奴!”

3 “同胞同胞!”

我愿意自首我的罪名:这回除硬派的不算外,我也另捐了极少的几个钱,可是本意并不在以此救国,倒是为了看见那些老实的学生们热心奔走得可感,不好意思给他们碰钉子。

学生们在演讲的时候常常说,“同胞,同胞! ……”但你们可知道你们所有的是怎样的“同胞”,这些“同胞”是怎样的心么?

不知道的。即如我的心,在自己说出之前,募捐的人们大概就不知道。

我的近邻有几个小学生,常常用几张小纸片,写些幼稚的宣传文,用他们弱小的腕,来贴在电杆或墙壁上。待到第二天,我每见多被撕掉了。虽然不知道撕的是谁,但未必是英国人或日本人罢。

“同胞,同胞! ……”学生们说。

我敢于说,中国人中,仇视那真诚的青年的眼光,有的比英国或日本人还凶险。为“排货”[16]复仇的,倒不一定是外国人！

要中国好起来，还得做别样的工作。

这回在北京的演讲和募捐之后，学生们和社会上各色人物接触的机会已经很不少了，我希望有若干留心各方面的人，将所见，所受，所感的都写出来，无论是好的，坏的，像样的，丢脸的，可耻的，可悲的，全给它发表，给大家看看我们究竟有着怎样的“同胞”。

明白以后，这才可以计画别样的工作。

而且也无须掩饰。即使所发见的并无所谓同胞，也可以从头创造的；即使所发见的不过完全黑暗，也可以和黑暗战斗的。

而且也无须掩饰了，外国人的知道我们，常比我们自己知道得更清楚。试举一个极近便的例，则中国人自编的《北京指南》，还是日本人做的《北京》精确！

4 断指和晕倒

又是砍下指头，又是当场晕倒。〔17〕

断指是极小部分的自杀，晕倒是极暂时中的死亡。我希望这样的教育不普及；从此以后，不再有这样的现象。

5 文学家有什么用？

因为沪案发生以后，没有一个文学家出来“狂喊”，就有人发了疑问了，曰：“文学家究竟有什么用处？”〔18〕

今敢敬谨答曰：文学家除了诌几句所谓诗文之外，实在毫无用处。

中国现下的所谓文学家又作别论;即使是真的文学大家,然而却不是“诗文大全”,每一个题目一定有一篇文章,每一回案件一定有一通狂喊。他会在万籁无声时大呼,也会在金鼓喧阗中沉默。Leonardo da Vinci[19]非常敏感,但为要研究人的临死时的恐怖苦闷的表情,却去看杀头。中国的文学家固然并未狂喊,却还不至于如此冷静。况且有一首《血花缤纷》,不是早经发表了么?虽然还没有得到是否“狂喊”的定评。

文学家也许应该狂喊了。查老例,做事的总不如做文的有名。所以,即使上海和汉口的牺牲者[20]的姓名早已忘得干干净净,诗文却往往更久地存在,或者还要感动别人,启发后人。

这倒是文学家的用处。血的牺牲者倘要讲用处,或者还不如做文学家。

6 “到民间去”

但是,好许多青年要回去了。

从近时的言论上看来,旧家庭仿佛是一个可怕的吞噬青年的新生命的妖怪,不过在事实上,却似乎还不失为到底可爱的东西,比无论什么都富于摄引力。儿时的钓游之地,当然很使人怀念的,何况在和大都会隔绝的城乡中,更可以暂息大半年来努力向上的疲劳呢。

更何况这也可以算是“到民间去”[21]。

但从此也可以知道:我们的“民间”怎样;青年单独到民间时,自己的力量和心情,较之在北京一同大叫这一个标语时又怎样?

将这经历牢牢记住,倘将来从民间来,在北京再遇到一同大叫这一个标语的时候,回忆起来,就知道自己是在说真还是撒谎。

那么,就许有若干人要沉默,沉默而苦痛,然而新的生命就会在这苦痛的沉默里萌芽。

7 魂灵的断头台

近年以来,每个夏季,大抵是有枪阶级的打架季节[22],也是青年们的魂灵的断头台。

到暑假,毕业的都走散了,升学的还未进来,其余的也大半回到家乡去。各样同盟于是暂别,喊声于是低微,运动于是销沉,刊物于是中辍。好像炎热的巨刃从天而降,将神经中枢突然斩断,使这首都忽而成为尸骸。但独有狐鬼却仍在死尸上往来,从从容容地竖起它占领一切的大纛。

待到秋高气爽时节,青年们又聚集了,但不少是已经新陈代谢。他们在未曾领略过的首善之区[23]的使人健忘的空气中,又开始了新的生活,正如毕业的人们在去年秋天曾经开始过的新的生活一般。

于是一切古董和废物,就都使人觉得永远新鲜;自然也就觉不出周围是进步还是退步,自然也就分不出遇见的是鬼还是人。不幸而又有事变起来,也只得还在这样的世上,这样的人间，仍旧“同胞同胞”的叫喊。

8　还是一无所有

中国的精神文明，早被枪炮打败了，经过了许多经验，已经要证明所有的还是一无所有。讳言这“一无所有”，自然可以聊以自慰；倘更铺排得好听一点，还可以寒天烘火炉一样，使人舒服得要打盹儿。但那报应是永远无药可医，一切牺牲全都白费，因为在大家打着盹儿的时候，狐鬼反将牺牲吃尽，更加肥胖了。

大概，人必须从此有记性，观四向而听八方，将先前一切自欺欺人的希望之谈全都扫除，将无论是谁的自欺欺人的假面全都撕掉，将无论是谁的自欺欺人的手段全都排斥，总而言之，就是将华夏传统的所有小巧的玩艺儿全都放掉，倒去屈尊学学枪击我们的洋鬼子，这才可望有新的希望的萌芽。

六月十八日。

*　　　*　　　*

〔1〕　本篇最初分两次发表于1925年6月16日《民众文艺周刊》第二十四号及同月二十三日《民众周刊》（《民众文艺周刊》改名）第二十五号。

〔2〕　指五卅惨案。1925年5月14日，上海日商内外棉纱厂工人，为抗议资方无故开除工人，举行罢工。次日，该厂日籍职员枪杀工人顾正红（共产党员），打伤工人十余人，激起上海各界民众的公愤。30日，上海学生二千余人，在租界进行宣传，声援工人，号召收回租界，被

公共租界巡捕逮捕一百余人。随后群众万余人集中在英租界南京路捕房前,要求释放被捕者,高呼"打倒帝国主义"等口号,英国巡捕开枪射击,当即伤亡数十人。

〔3〕 洗刷牺牲者的罪名 指《京报》主笔邵振青(邵飘萍)关于五卅惨案的文章。他在1925年6月5日《京报》"评坛"栏发表的《我国人一致愤慨的情形之下,愿英日两国政府勿自蹈瓜分中国之嫌》一文中说:英日帝国主义"用种种宣传政策,谓中国国民已与俄国同其赤化,英日若不合力以压迫中国,行见中国赤化而后,美国亦大受其影响……然中国之并未赤化,所谓赤化说乃纯属英日两国之虚伪政策……今次上海之惨剧,乃世界伪文明之宣告破产,非中国之一单纯的外交问题。"他又在同日该报发表的《外国绅士暴徒》一文中说:"'暴动学生'之一名词,真乃可谓滑稽极矣,请问外国绅士,学生是否有手枪?是否有机关枪?是否已因暴动杀死外国绅士多人?否否不然,多死者乃为学生,此决非学生之自杀也。"

〔4〕 指希腊民族独立运动。1821年3月,希腊爆发了反对土耳其统治的起义,次年1月宣布独立,经过几年的艰苦斗争,于1829年取得胜利。

〔5〕《致中国国民宣言》 1925年6月6日,国际工人后援会从柏林发来为五卅惨案致中国国民的宣言,其中说:"国际工人后援会共有五百万会员,都是白种用手和用脑的工人,现在我们代表全体会员,对于白种和黄种资本帝国主义的强盗这次残杀和平的中国学生和工人的事情,同你们一致抗争。我们……对于掠夺中国人民并且亦就是掠夺我们的那班东西毫无关系。他们在国外想欺凌你们这个民族,在国内亦想压迫我们这个阶级。只有我们合起来同他们对敌,才可以保全我们。……你们的敌人就是我们的敌人,你们的战争就是我们的战争,你们将来的胜利就是我们的胜利。"文末署名的有英国的萧伯纳和法国

的巴比塞,他们都是该会中央委员会委员。

〔6〕 培那特萧(1856—1950) 通译萧伯纳,英国剧作家、批评家。早期参加改良主义的政治组织“费边社”,第一次世界大战爆发后曾谴责帝国主义战争,十月革命后同情社会主义。著有剧本《华伦夫人的职业》、《巴巴拉少校》、《真相毕露》等。

〔7〕 巴尔布斯(1873—1935) 通译巴比塞,法国作家。第一次世界大战后,他致力于反对帝国主义的斗争,拥护、支持苏联,1922 年加入法国共产党。著有长篇小说《火线》、《光明》及《斯大林传》等。

〔8〕 指上海工商学联合会提出的对外谈判条件。五卅惨案后,该会于 6 月 8 日发表宣言,提出谈判的先决条件四条及正式条件十三条,其中包括工人有组织工会及罢工的自由、取消领事裁判权、撤退驻沪英日海陆军等条款。后来负责这次对外交涉的总商会会长虞洽卿等,又删改了其中一些重要条款,成为委曲求全的十三条。

〔9〕 《顺天时报》 日本人在北京创办的中文报纸。创办人为中岛美雄,最初称《燕京时报》,1901 年 10 月创刊,1930 年 3 月停刊。

〔10〕 指《顺天时报》的《爱国的两说与爱国的两派》的社论。1923 年 1 月,北京大学学生因旅顺、大连租借期将满,向当时的国会请愿,要求收回旅大。北洋政府在舆论的压力下,于 3 月 10 日向日本帝国主义提出收回旅顺、大连和废除“二十一条”的要求,14 日遭到拒绝后,即爆发了规模几及全国各大城市的反日爱国运动。4 月 4 日《顺天时报》发表上述社论。其中说:“凡一国中兴之际。照例发生充实民力论及伸张国权论两派。试就中国之现状而论。亦明明有此二说可观。……国权论者常多为感情所支配。……民力论者多具理智之头脑。……故国权论者。可以投好广漠之爱国心。民力论者。必为多数人所不悦。于是高倡国权论容易。主张民力论甚难。”

〔11〕 “再而衰,三而竭” 语出《左传》庄公十年,春秋时鲁国武

士曹刿的话:“夫战,勇气也:一鼓作气,再而衰,三而竭。”

〔12〕 他山的好石　语出《诗经·小雅·鹤鸣》:“它山之石,可以攻玉。”

〔13〕 反基督教的叫喊　1922 年初,世界基督教学生同盟曾决定在北京召开第十一次大会,引起中国一部分知识分子的不满,上海、北京先后成立“非基督教学生联盟”和“非基督教大同盟”,予以抵制和反对。1925 年 4 月 3 日《京报》载有北京非基督教大同盟的宣言,说明它的宗旨是“反对基督教及其在华之一切侵略活动”。该同盟又于 4 月 15 日创刊《科学与宗教》半月刊(《京报》临时增刊),当时很有影响,引起了普遍的反基督教的呼声。

〔14〕 这里说的教士的公证,指五卅惨案发生后,一些在中国的外国教士曾发表宣言,对中国学生的爱国斗争表示同情。

〔15〕 向罗马教皇诉苦　北京大学某些教授为五卅惨案于 1925 年 6 月 13 日致电罗马教皇,希望他“竭力发扬作为基督教的基础的友爱精神”,幻想得到罗马教皇的“同情和支持”。

〔16〕 “排货”　指当时的抵制英国货和日本货。

〔17〕 断指和晕倒　1925 年 6 月 10 日,北京民众为五卅惨案在天安门集会,据当时报载:参加者因过于激愤,曾有人演说时以利刃断指书写血字,又有人当场晕倒。

〔18〕 “文学家究竟有什么用处”　《妇女周刊》(《京报》的副刊之一)第二十七号(1925 年 6 月 17 日)载有署名畹兰的《文学家究竟有什么用处》一文,其中说:“我真奇怪,自沪案发生后,在这样一个重大的刺激之下,为什么总不见有一个文学家出来狂喊? ……于是我的问题出来了:‘文学家究竟有什么用处?’”按畹兰即当时北京大学学生欧阳兰。他曾在《猛进》周刊第十五期(1925 年 6 月 12 日)发表过《血花缤

纷》一诗(副题为“悲悼沪案牺牲者”)。

〔19〕 Leonardo da Vinci 莱奥那多·达·芬奇(1452—1519),文艺复兴时期的意大利画家、雕刻家和科学家。

〔20〕 汉口的牺牲者 五卅惨案发生后,汉口群众计划于6月13日召开大会,抗议英日等帝国主义者屠杀中国工人和学生。当时湖北督军萧耀南却于前两日(11日)解散学生会,并枪杀学生四人;工人群众也在这天晚间遭英国海军陆战队射击,死伤多人。

〔21〕 “到民间去” 原是十九世纪六十至七十年代俄国民粹派的口号,号召青年到农村去,发动农民反对沙皇政府,组织村社以过渡到社会主义。“五四”以后,特别是在五卅运动高潮中,“到民间去”这个口号在我国知识分子中间也相当流行。

〔22〕 有枪阶级的打架季节 北洋军阀统治时期各地军阀的内战,如1920年的直皖战争,1921年的湘鄂战争,1922年的奉直战争,1924年的江浙战争,都发生在夏季。

〔23〕 首善之区 指首都。《汉书·儒林传》载:“故教化之行也,建首善,自京师始。”这里指当时北洋政府的首都北京。

补　白[1]

一

“公理战胜”的牌坊[2]，立在法国巴黎的公园里不知怎样，立在中国北京的中央公园里可实在有些希奇，——但这是现在的话。当时，市民和学生也曾游行欢呼过。

我们那时的所以入战胜之林者，因为曾经送去过很多的工人；大家也常常自夸工人在欧战的劳绩。现在不大有人提起了，战胜也忘却了，而且实际上是战败了[3]。

现在的强弱之分固然在有无枪炮，但尤其是在拿枪炮的人。假使这国民是卑怯的，即纵有枪炮，也只能杀戮无枪炮者，倘敌手也有，胜败便在不可知之数了。这时候才见真强弱。

我们弓箭是能自己制造的，然而败于金，败于元，败于清。记得宋人的一部杂记里记有市井间的谐谑，将金人和宋人的事物来比较。譬如问金人有箭，宋有什么？则答道，“有锁子甲”。又问金有四太子，宋有何人？则答道，“有岳少保”。临末问，金人有狼牙棒（打人脑袋的武器），宋有什么？却答道，“有天灵盖”！[4]

自宋以来，我们终于只有天灵盖而已，现在又发现了一种“民气”，更加玄虚飘渺了。

但不以实力为根本的民气，结果也只能以固有而不假外求的天灵盖自豪，也就是以自暴自弃当作得胜。我近来也颇觉“心上有杞天之虑”[5]，怕中国更要复古了。瓜皮帽，长衫，双梁鞋，打拱作揖，大红名片，水烟筒，或者都要成为爱国的标征，因为这些都可以不费力气而拿出来，和天灵盖不相上下的。（但大红名片也许不用，以避“赤化”之嫌。）

然而我并不说中国人顽固，因为我相信，鸦片和扑克是不会在排斥之列的。况且爱国之士不是已经说过，马将牌已在西洋盛行，给我们复了仇么？

爱国之士又说，中国人是爱和平的。但我殊不解既爱和平，何以国内连年打仗？或者这话应该修正：中国人对外国人是爱和平的。

我们仔细查察自己，不再说诳的时候应该到来了，一到不再自欺欺人的时候，也就是到了看见希望的萌芽的时候。

我不以为自承无力，是比自夸爱和平更其耻辱。

六月二十三日。

二

先前以“士人”“上等人”自居的，现在大可以改称“平民”了罢；在实际上，也确有许多人已经如此。彼一时，此一时，清朝该去考秀才，捐监生，[6]现在就只得进学校。“平民”这一个徽号现已日见其时式，地位也高起来了，以此自居，大概总可以从别人得到和先前对于“上等人”一样的尊敬，时势虽然变迁，老地位是不会失掉的。倘遇见这样的平民，必须恭维他，至少也得点头拱手陪笑唯诺，像先前下等人的对于贵人一般。否则，你就会得到罪名，曰：“骄傲”，或“贵族的”。因为他已经是平民了。见平民而不格外趋奉，非骄傲而何？

清的末年，社会上大抵恶革命党如蛇蝎，南京政府[7]一成立，漂亮的士绅和商人看见似乎革命党的人，便亲密的说道：“我们本来都是‘草字头’[8]，一路的呵。”

徐锡麟[9]刺杀恩铭之后，大捕党人，陶成章[10]君是其中之一，罪状曰：“著《中国权力史》，学日本催眠术。”（何以学催眠术就有罪，殊觉费解。）于是连他在家的父亲也大受痛苦；待到革命兴旺，这才被尊称为“老太爷”；有人给“孙少爷”去说媒。可惜陶君不久就遭人暗杀了，神主入祠的时候，捧香恭送的士绅和商人尚有五六百。直到袁世凯打倒二次革命[11]之后，这才冷落起来。

谁说中国人不善于改变呢？每一新的事物进来，起初虽然排斥，但看到有些可靠，就自然会改变。不过并非将自己变得合于新事物，乃是将新事物变得合于自己而已。

佛教初来时便大被排斥，一到理学先生谈禅，和尚做诗的时候，“三教同源”[12]的机运就成熟了。听说现在悟善社[13]里的神主已经有了五块：孔子，老子，释迦牟尼，耶稣基督，谟哈默德[14]。

中国老例，凡要排斥异己的时候，常给对手起一个诨名，——或谓之“绰号”。这也是明清以来讼师的老手段；假如要控告张三李四，倘只说姓名，本很平常，现在却道“六臂太岁张三”，“白额虎李四”，则先不问事迹，县官只见绰号，就觉得他们是恶棍了。

月球只一面对着太阳，那一面我们永远不得见。歌颂中国文明的也惟以光明的示人，隐匿了黑的一面。譬如说到家族亲旧，书上就有许多好看的形容词：慈呀，爱呀，悌呀，……又有许多好看的古典：五世同堂呀，礼门呀，义宗[15]呀，……至于诨名，却藏在活人的心中，隐僻的书上。最简单的打官司教科书《萧曹遗笔》[16]里就有着不少惯用的恶谥，现在钞一点在这里，省得自己做文章——

亲戚类

孽亲　枭亲　兽亲　鳄亲　虎亲　歪亲

尊长类

鳄伯　虎伯（叔同）　孽兄　毒兄　虎兄

卑幼类

悖男　恶侄　孽侄　悖孙　虎孙　枭甥

孽甥　悖妾　泼媳　枭弟　恶婿　凶奴

其中没有父母，那是例不能控告的，因为历朝大抵“以孝治天下”[17]。

这一种手段也不独讼师有。民国元年章太炎[18]先生在北京,好发议论,而且毫无顾忌地褒贬。常常被贬的一群人于是给他起了一个绰号,曰"章疯子"。其人既是疯子,议论当然是疯话,没有价值的了,但每有言论,也仍在他们的报章上登出来,不过题目特别,道:《章疯子大发其疯》。有一回,他可是骂到他们的反对党头上去了。那怎么办呢?第二天报上登出来的时候,那题目是:《章疯子居然不疯》。

往日看《鬼谷子》[19],觉得其中的谋略也没有什么出奇,独有《飞箝》中的"可箝而从,可箝而横,……可引而反,可引而覆。虽覆能复,不失其度"这一段里的一句"虽覆能复"很有些可怕。但这一种手段,我们在社会上是时常遇见的。

《鬼谷子》自然是伪书,决非苏秦张仪[20]的老师所作;但作者也决不是"小人",倒是一个老实人。宋的来鹄[21]已经说,"捭阖飞箝,今之常态,不读鬼谷子书者,皆得自然符契也。"人们常用,不以为奇,作者知道了一点,便笔之于书,当作秘诀,可见禀性纯厚,不但手段,便是心里的机诈也并不多。如果是大富翁,他肯将十元钞票嵌在镜屏里当宝贝么?

鬼谷子所以究竟不是阴谋家,否则,他还该说得吞吞吐吐些;或者自己不说,而钩出别人来说;或者并不必钩出别人来说,而自己永远阔不可言。这末后的妙法,知者不言,书上也未见,所以我不知道,倘若知道,就不至于老在灯下编《莽原》,做《补白》了。

但各种小纵横,我们总常要身受,或者目睹。夏天的忽而甲乙相打;忽而甲乙相亲,同去打丙;忽而甲丙相合,又同去打乙，忽而甲丙又互打起来，[22]就都是这“覆”“复”作用；化数百元钱，请一回酒，许多人立刻变了色彩，也还是这顽意儿。然而真如来鹄所说，现在的人们是已经“是乃天授，非人力也”[23]的；倘使要看了《鬼谷子》才能，就如拿着文法书去和外国人谈天一样，一定要碰壁。

七月一日。[24]

三

离五卅事件的发生已有四十天，北京的情形就像五月二十九日一样。聪明的批评家大概快要提出照例的“五分钟热度”[25]说来了罢，虽然也有过例外：曾将汤尔和[26]先生的大门“打得擂鼓一般，足有十五分钟之久。”（见六月二十三日《晨报》）有些学生们也常常引这“五分热”说自诫，仿佛早经觉到了似的。

但是，中国的老先生们——连二十岁上下的老先生们都算在内——不知怎的总有一种矛盾的意见，就是将女人孩子看得太低，同时又看得太高。妇孺是上不了场面的；然而一面又拜才女，捧神童，甚至于还想借此结识一个阔亲家，使自己也连类飞黄腾达。什么木兰从军，缇萦救父[27]，更其津津乐道，以显示自己倒是一个死不挣气的瘟虫。对于学生也是一样，既要他们“莫谈国事”，又要他们独退番兵，退不了，就冷笑他们无用。

倘在教育普及的国度里，国民十之九是学生；但在中国，自然还是一个特别种类。虽是特别种类,却究竟是“束发小生”[28],所以当然不会有三头六臂的大神力。他们所能做的,也无非是演讲,游行,宣传之类,正如火花一样,在民众的心头点火,引起他们的光焰来,使国势有一点转机。倘若民众并没有可燃性,则火花只能将自身烧完,正如在马路上焚纸人轿马,暂时引得几个人闲看,而终于毫不相干,那热闹至多也不过如“打门”之久。谁也不动,难道“小生”们真能自己来打枪铸炮,造兵舰,糊飞机,活擒番将,平定番邦么?所以这“五分热”是地方病,不是学生病。这已不是学生的耻辱,而是全国民的耻辱了;倘在别的有活力,有生气的国度里,现象该不至于如此的。外人不足责,而本国的别的灰冷的民众,有权者,袖手旁观者,也都于事后来嘲笑,实在是无耻而且昏庸!

但是,别有所图的聪明人又作别论,便是真诚的学生们,我以为自身却有一个颇大的错误,就是正如旁观者所希望或冷笑的一样:开首太自以为有非常的神力,有如意的成功。幻想飞得太高,堕在现实上的时候,伤就格外沉重了;力气用得太骤,歇下来的时候,身体就难于动弹了。为一般计,或者不如知道自己所有的不过是“人力”,倒较为切实可靠罢。

现在,从读书以至“寻异性朋友讲情话”,似乎都为有些有志者所诟病了。但我想,责人太严,也正是“五分热”的一个病源。譬如自己要择定一种口号——例如不买英日货——来履行,与其不饮不食的履行七日或痛哭流涕的履行一月,倒不如也看书也履行至五年,或者也看戏也履行至十年,或者也寻异性朋友也履行至五十年,或者也讲情话也履行至一百年。

记得韩非子曾经教人以竞马的要妙,其一是"不耻最后"〔29〕。即使慢,驰而不息,纵令落后,纵令失败,但一定可以达到他所向的目标。

七月八日。

*　　*　　*

〔1〕 本篇最初分三次发表于1925年6月26日出版的《莽原》周刊第十期、7月3日出版的十一期及同月10日出版的第十二期。

〔2〕 "公理战胜"的牌坊　1918年第一次世界大战结束之后,以英法为首的协约国宣扬他们打败德奥等同盟国是"公理战胜强权",战胜国都立碑纪念。中国北洋政府曾于1917年8月参加协约国一方,也在北京中央公园(即今中山公园)建立了"公理战胜"的牌坊(1953年已将"公理战胜"四字改为"保卫和平")。

〔3〕 第一次世界大战后,1919年1月至6月,英、法、美等国操纵巴黎和会,无视中国的主权和"战胜国"地位,非法决定让日本继承战前德国在山东的特权;同年五四运动爆发,迫使当时中国代表团拒绝在和约上签字。"实际上是战败了",是就巴黎和会侵犯我国主权这一情况而说的。

〔4〕 关于"天灵盖"的谐谑,见宋代张知甫的《可书》:"金人自侵中国,惟以敲棒击人脑而毙。绍兴间有伶人作杂戏云:'若要胜其金人,须是我中国一件件相敌乃可。且如金国有粘罕,我国有韩少保;金国有柳叶枪,我国有凤凰弓;金国有凿子箭,我国有锁子甲;金国有敲棒,我国有天灵盖。'人皆笑之。"粘罕,即完颜宗翰,金军统帅;韩少保,即韩世忠,南宋抗金名将。鲁迅文中说的"四太子"是金太祖的第四子完颜宗弼,本名兀术;岳少保即岳飞。

〔5〕 “心上有杞天之虑” 杨荫榆《对于暴烈学生之感言》中的话，参看本书《“碰壁”之后》及其注〔10〕。这是掉弄成语“杞人忧天”而成的文言用语。原来的故事见《列子·天瑞》：“杞国有人忧天地崩坠，身亡所寄，废寝食者。”

〔6〕 秀才 按明清科举制度，童生经过县考初试，府考复试，再参加学政主持的院考（道考），考取的就是秀才。监生，国子监生员的简称。国子监原是封建时代中央最高学府，清代乾隆以后可以援例捐资取得监生名义，不一定在监读书。

〔7〕 南京政府 指1912年1月1日在南京成立的中华民国临时政府。

〔8〕 “草字头” 一种隐语，因“革”字与“草”字的起头相似，所以当时一般人称革命党为“草字头”。这里所说的“革命党”系指兴中会、光复会、同盟会及其他一些反清革命组织。

〔9〕 徐锡麟（1873—1907） 字伯荪，浙江绍兴人，清末革命团体光复会的重要成员。1907年，与秋瑾准备在浙皖两省同时起义，7月6日，他以安徽巡警处会办兼巡警学堂监督身份为掩护，乘学堂举行毕业典礼之机，刺死安徽巡抚恩铭，率领学生攻占军械局，弹尽被捕，当日惨遭杀害。

〔10〕 陶成章（1878—1912） 字希道，号焕卿，别署会稽山人，浙江绍兴人，清末革命家，光复会领袖之一。1912年1月14日被沪军都督陈其美派蒋介石暗杀于上海广慈医院。著有《中国民族权力消长史》、《浙案纪略》及《催眠术讲义》等。

〔11〕 袁世凯（1859—1916） 字慰亭，河南项城人。原任清朝直隶总督兼北洋大臣、内阁总理大臣，辛亥革命后攫取中华民国临时大总统、大总统职位，迫害革命党人。1916年1月复辟帝制，自称“洪宪”皇帝，6月在国人声讨中病卒。二次革命，1913年3月国民党代理事长宋

教仁被刺杀后,孙中山于7月发动讨伐袁世凯的战争,9月被打败。因对1911年的辛亥革命而言,故称二次革命。

〔12〕 “三教同源” “三教”指儒、释、道。自东汉以后,这三家时有对抗和冲突,但往往也互相渗透。到了宋代,由于程颢、程颐、朱熹等理学家吸收了佛、老的思想,形成“三教”思想的调和。这里所说“‘三教同源’的机运就成熟了”即指这种调和现象。

〔13〕 悟善社 一种封建迷信的道门组织。

〔14〕 孔子(前551—前479) 名丘,字仲尼,儒家创始人。老子(约前571—?),姓李名耳,字聃,道家创始人。释迦牟尼(约前565—前486),佛教创始人。耶稣基督(约前4—30),基督教创始人。基督,即救世主。谟哈默德(约570—632),通译穆罕默德,伊斯兰教创始人。

〔15〕 五世同堂 即五代同居,指自高祖至玄孙五代并存同居。礼门、义宗,即所谓笃守礼义的门庭和宗族。在封建社会里,这些都被认为是可称颂和表彰的事情。

〔16〕 《萧曹遗笔》 清代竹林浪叟辑,共四卷。一种供讼师写状纸用的参考书,假托是汉代萧何、曹参的著作。

〔17〕 “以孝治天下” 语出《孝经·孝治章》:“昔者明王以孝治天下也……得万国之欢心,以事其先王。”

〔18〕 章太炎(1869—1936) 名炳麟,字枚叔,号太炎,浙江余杭人,清末革命家和学者。他因为鼓吹并实际参加反对清政府的革命活动,曾被毁谤为疯癫。辛亥革命后,他也常有反对袁世凯等军阀统治的言论,又曾被毁谤为“章疯子”。

〔19〕 《鬼谷子》 相传为战国时鬼谷子所著,实为后人伪托,共三卷。《飞箝》是其中的一篇。据南朝梁陶弘景注:“‘飞’谓作声誉以飞扬之,‘箝’谓牵持缄束,令不得脱也;言取人之道,先作声誉以飞扬之,

彼必露情竭志而无隐,然后因有所好,牵持缄束,不得转移。""虽覆能复",据陶弘景注:"虽有覆败,必能复振,不失其节度,此箝之终也。"

〔20〕 苏秦张仪 战国时纵横家。苏秦(?—前284),东周洛阳(在今河南洛阳东)人,曾游说六国联合抗拒秦国。张仪(?—前310),魏国贵族后裔。曾游说六国归顺秦国,后入秦为秦相。据《史记》的《苏秦列传》和《张仪列传》说,他们两人"俱事鬼谷子先生学术"。

〔21〕 来鹄 据《全唐文》卷八百十一《来鹄》条:"鹄,豫章人,咸通(按为唐懿宗年号)举进士不第。"这里所引的话,见宋代晁公武《郡斋读书志》的《鬼谷子》条:"来鹄亦曰:'鬼谷子昔教人诡给、激讦、揣测、憸猾之术,悉备于章,学之者惟仪、秦而已。如捭阖、飞箝,实今之常态,是知渐漓之后,不读鬼谷子书者,其行事皆得自然符契也。'"

〔22〕 指当时各地军阀的内战。参看本书《忽然想到》之十一及其注〔22〕。

〔23〕 "是乃天授,非人力也" 这是汉代韩信称颂刘邦的话。见《史记·淮阴侯传》:"且陛下所谓天授,非人力也。"

〔24〕 本节发表时没有注明写作时间,"七月一日"是作者在结集时补上的。

〔25〕 "五分钟热度" 梁启超在1925年5月7日《晨报》"勿忘国耻"栏发表的《第十度的"五七"》一文中说:"我不怕说一句犯众怒的话:'国耻纪念'这个名词,不过靠'义和团式'的爱国心而存在罢了!义和团式的爱国本质好不好另属一问题。但他的功用之表现,当然是靠'五分钟热度',这种无理性的冲动能有持续性,我绝对不敢相信。"

〔26〕 汤尔和(1878—1940) 名槱,字尔和,浙江杭县(今余杭)人。曾任北洋政府教育总长,抗日战争期间出任日伪临时政府行政委员会委员长兼教育总长等职。关于五卅事件,他在《晨报》的"时论"栏发表《不善导的忠告》一文,其中充满侮辱爱国民众,取媚英日帝国主义

的言论，这里所引的话即见于该文："前天某学校以跳舞会的名义来募捐，我家的佣工，告诉他说是捐的次数太多了，家里没有钱。来人说你们主人做过什么长，还会没钱吗？把大门打得擂鼓一般，足有十五分钟之久，再三央告，始怫然而去。"

〔27〕 木兰从军　见南北朝时的叙事诗《木兰诗》。内容是说木兰女扮男装，代父从军，出征十二年，立功还乡。缇萦救父，见《史记·仓公传》。缇萦是汉代淳于意（即仓公）的幼女，因父亲犯罪，上书汉文帝，表示自己情愿做一名官婢，代父赎罪。

〔28〕 "束发小生"　1925年，章士钊因禁止学生纪念"五七"国耻而遭到反对，他在给段祺瑞的辞呈中说："夫束发小生。千百成群。至以本管长官之进退。形诸条件。"束发，我国古代男孩到成童的年龄时束发成髻，故以束发代指成童。章士钊说的"束发小生"含有轻视之意，近似俗语"毛头小子"。

〔29〕 韩非子　即韩非（约前280—前233），战国时韩国人，古代思想家和政治家。他的著作流传至今的有《韩非子》二十卷，计五十五篇。《韩非子》中没有"不耻最后"的话，在《淮南子·诠言训》中有类似的记载："驰者不贪最先，不恐独后；缓急调乎手，御心调乎马，虽不能必先哉，马力必尽矣。"驰，赛马。

答 K S 君[1]

K S 兄：

我很感谢你的殷勤的慰问，但对于你所愤慨的两点和几句结论，我却并不谓然，现在略说我的意见——

第一，章士钊将我免职，[2]我倒并没有你似的觉得诧异，他那对于学校的手段，我也并没有你似的觉得诧异，因为我本就没有预期章士钊能做出比现在更好的事情来。我们看历史，能够据过去以推知未来，看一个人的已往的经历，也有一样的效用。你先有了一种无端的迷信，将章士钊当作学者或智识阶级的领袖看，于是从他的行为上感到失望，发生不平，其实是作茧自缚；他这人本来就只能这样，有着更好的期望倒是你自己的误谬。使我较为感到有趣的倒是几个向来称为学者或教授的人们，居然也渐次吞吞吐吐地来说微温话了，什么"政潮"咧，"党"咧，仿佛他们都是上帝一样，超然象外，十分公平似的。谁知道人世上并没有这样一道矮墙，骑着而又两脚踏地，左右稳妥，所以即使吞吞吐吐，也还是将自己的魂灵枭首通衢，挂出了原想竭力隐瞒的丑态。丑态，我说，倒还没有什么丢人，丑态而蒙着公正的皮，这才催人呕吐。但终于使我觉得有趣的是蒙着公正的皮的丑态，又自己开出帐来发表了。仿佛世界上还有光明，所以即便费尽心机，结果仍然是一个瞒不住。

第二,你这样注意于《甲寅周刊》[3],也使我莫明其妙。《甲寅》第一次出版时,我想,大约章士钊还不过熟读了几十篇唐宋八大家[4]文,所以模仿吞剥,看去还近于清通。至于这一回,却大大地退步了,关于内容的事且不说,即以文章论,就比先前不通得多,连成语也用不清楚,如“每下愈况”[5]之类。尤其害事的是他似乎后来又念了几篇骈文,没有融化,而急于挦撦[6],所以弄得文字庞杂,有如泥浆混着沙砾一样。即如他那《停办北京女子师范大学呈文》[7]中有云,“钊念儿女乃家家所有良用痛心为政而人人悦之亦无是理”,旁加密圈,想是得意之笔了。但比起何栻《齐姜醉遣晋公子赋》[8]的“公子固翩翩绝世未免有情少年而碌碌因人安能成事”来,就显得字句和声调都怎样陋弱可哂。何栻比他高明得多,尚且不能入作者之林,章士钊的文章更于何处讨生活呢?况且,前载公文,接着就是通信,精神虽然是自己广告性的半官报,形式却成了公报尺牍合璧了,我中国自有文字以来,实在没有过这样滑稽体式的著作。这种东西,用处只有一种,就是可以借此看看社会的暗角落里,有着怎样灰色的人们,以为现在是攀附显现的时候了,也都吞吞吐吐的来开口。至于别的用处,我委实至今还想不出来。倘说这是复古运动的代表,那可是只见得复古派的可怜,不过以此当作讣闻,公布文言文的气绝罢了。

所以,即使真如你所说,将有文言白话之争,我以为也该是争的终结,而非争的开头,因为《甲寅》不足称为敌手,也无所谓战斗。倘要开头，他们还得有一个更通古学，更长古文的人，才能胜对垒之任，单是现在似的每周印一回公牍和游谈的堆积，纸张虽白，圈点虽多，是毫无用处的。

鲁迅。八月二十日。

*　　　*　　　*

〔1〕 本篇最初发表于1925年8月28日《莽原》周刊第十九期。

〔2〕 章士钊(1881—1973)　字行严，笔名孤桐等，湖南善化(今属长沙)人。辛亥革命前曾参加反清活动，民国后任北京大学教授、广东军政府秘书长等职。1924年至1926年间任段祺瑞执政府司法总长兼教育总长；同时创办《甲寅》周刊，提倡尊孔读经，反对新文化运动。1925年女师大风潮发生后，由于鲁迅反对章士钊压迫学生的行动和解散女师大的措施，章便于8月12日呈请段祺瑞罢免鲁迅的教育部佥事职务，次日公布。8月22日鲁迅在平政院控诉章士钊，结果胜诉，1926年1月17日复职。章士钊后来转向同情革命。

〔3〕《甲寅周刊》　章士钊主编的杂志。章曾于1914年5月在日本东京发行《甲寅》月刊，两年后出至第十期停刊。《甲寅》周刊是他任教育总长之后，1925年7月在北京出版的，至1927年2月停刊，共出四十五期。该刊坚持用文言文，内容杂载公文、通讯，鲁迅说它是“自己广告性的半官报”。

〔4〕 唐宋八大家　指唐代的韩愈、柳宗元和宋代的欧阳修、苏洵、苏轼、苏辙、王安石、曾巩八位散文名家。明代茅坤曾选辑他们的作品为《唐宋八大家文钞》，因有此称。

〔5〕“每下愈况”　语出《庄子·知北游》：“正獲之问于监市履狶也，每下愈况。”章太炎《新方言·释词》：“愈况，犹愈甚也。”章士钊

在《甲寅》周刊第一卷第三号(1925 年 8 月 1 日)的《孤桐杂记》中,将这个成语用为“每况愈下”:“尝论明清相嬗。士气骤衰。……民国承清。每况愈下。”

〔6〕 挦撦 意思是摘取和撕扯。一般指剽窃别人的词句。撦,扯的异体字。

〔7〕 《停办北京女子师范大学呈文》 这篇呈文曾刊载《甲寅》周刊第一卷第四号(1925 年 8 月 8 日),其中有一部分字句,旁加密圈。

〔8〕 何栻(1816—1872) 字廉昉,号悔庵,江苏江阴人。清道光时进士,曾任吉安府知府。著有《悔余庵诗稿》、《悔余庵文稿》等。《齐姜醉遣晋公子赋》见《悔余庵文稿》卷二。

“碰壁”之余[1]

女师大事件在北京似乎竟颇算一个问题，号称“大报”如所谓《现代评论》者，居然也“评论”了好几次。据我所记得的，是先有“一个女读者”[2]的一封信，无名小辫，不在话下。此后是两个作者的“评论”了：陈西滢先生在《闲话》之间评为“臭毛厕”，李仲揆先生的《在女师大观剧的经验》里则比作戏场[3]。我很吃惊于同是人，而眼光竟有这么不同；但究竟同是人，所以意见也不无符合之点：都不将学校看作学校。这一点，也可以包括杨荫榆女士的“学校犹家庭”和段祺瑞执政的“先父兄之教”[4]。

陈西滢先生是“久已夫非一日矣”[5]的《闲话》作家，那大名我在报纸的广告上早经看熟了，然而大概还是一位高人，所以遇有不合自意的，便一气呵成屎橛，而世界上蛆虫也委实太多。至于李仲揆先生其人也者，我在《女师风潮纪事》[6]上才识大名，是八月一日拥杨荫榆女士攻入学校的三勇士之一；到现在，却又知道他还是一位达人了，庸人以为学潮的，到他眼睛里就等于“观剧”：这是何等逍遥自在。

据文章上说，这位李仲揆先生是和杨女士“不过见面两次”，但却被用电话邀去看“名振一时的文明新戏”去了，幸而李先生自有脚踏车，否则，还要用汽车来迎接哩。我真自恨福薄，一直活到现在，寿命已不可谓不长，而从没有遇见过一个不大认识的女士来邀“观剧”；对于女师大的事说了几句话，尚且因为不过是教一两点功课的讲师，“碰壁之后”，还很恭听了些高仁山先生在《晨报》上所发表的伟论[7]。真的，世界上实在又有各式各样的运气，各式各样的嘴，各式各样的眼睛。

接着又是西滢先生的《闲话》[8]：“现在一部分报纸的篇幅，几乎全让女师风潮占去了。现在大部分爱国运动的青年的时间，也几乎全让女师风潮占去了。……女师风潮实在是了不得的大事情，实在有了不得的大意义。”临末还有颇为俏皮的结论道：“外国人说，中国人是重男轻女的。我看不见得吧。”

我看也未必一定“见得”。正如人们有各式各样的眼睛一样，也有各式各样的心思，手段。便是外国人的尊重一切女性的事，倘使好讲冷话的人说起来，也许以为意在于一个女性。然而侮蔑若干女性的事，有时也就可以说意在于一个女性。偏执的弗罗特[9]先生宣传了“精神分析”之后，许多正人君子的外套都被撕碎了。但撕下了正人君子的外套的也不一定就是“小人”，只要并非自以为还钻在外套里的不显本相的脚色。

我看也未必一定“见得”。中国人是“圣之时者也”[10]教徒，况且活在二十世纪了，有华道理，有洋道理，轻重当然是都随意而无不合于道的：重男轻女也行，重女轻男也行，为了一个女性而重一切女性或轻若干女性也行，为了一个男人而轻若干女性或男性也行……。所可惜的是自从西滢先生看出底细之后，除了哑吧或半阴阳，就都坠入弗罗特先生所掘的陷坑里去了。

自己坠下去的是自作自受，可恨者乃是还要带累超然似的局外人。例如女师大——对不起，又是女师大——风潮，从有些眼睛看来，原是不值得提起的，但因为竟占去了许多可贵的东西，如“报纸的篇幅”“青年的时间”之类，所以，连《现代评论》的“篇幅”和西滢先生的时间也被拖累着占去一点了，而尤其罪大恶极的是触犯了什么“重男轻女”重女轻男这些大秘密。倘不是西滢先生首先想到，提出，大概是要被含胡过去了的。

我看，奥国的学者实在有些偏激，弗罗特就是其一，他的分析精神，竟一律看待，不让谁站在超人间的上帝的地位上。还有那短命的 Otto Weininger〔11〕，他的痛骂女人，不但不管她是校长，学生，同乡，亲戚，爱人，自己的太太，太太的同乡，简直连自己的妈都骂在内。这实在和弗罗特说一样，都使人难于利用。不知道咱们的教授或学者们，可有方法补救没有？但是，我要先报告一个好消息：Weininger 早用手枪自杀了。这已经有刘百昭率领打手痛打女师大——对不起，又是女师大——的“毛丫头”〔12〕一般“痛快”，他的话也就大可置之不理了罢。

还有一个好消息。“毛丫头”打出之后，张崧年先生引“罗素之所信”〔13〕道，“因世人之愚，许多问题或终于不免只有武力可以解决也!”(《京副》二五〇号)又据杨荫榆女士章士钊总长者流之所说,则捣乱的“毛丫头”是极少数,可见中国的聪明人还多着哩,这是大可以乐观的。

忽而想谈谈我自己的事了。

我今年已经有两次被封为“学者”,而发表之后,也就即刻取消。第一次是我主张中国的青年应当多看外国书,少看,或者竟不看中国书的时候,便有论客以为素称学者的鲁迅不该如此,而现在竟至如此,则不但决非学者,而且还有洋奴的嫌疑。第二次就是这回佥事免职之后,我在《莽原》上发表了答 KS 君信,论及章士钊的脚色和文章的时候,又有论客以为因失了“区区佥事”而反对章士钊,确是气量狭小,没有“学者的态度”;而且,岂但没有“学者的态度”而已哉,还有“人格卑污”的嫌疑云。

其实,没有“学者的态度”,那就不是学者喽,而有些人偏要硬派我做学者。至于何时封赠,何时考定,却连我自己也一点不知道。待到他们在报上说出我是学者,我自己也借此知道了原来我是学者的时候,则已经同时发表了我的罪状,接着就将这体面名称革掉了,虽然总该还要恢复,以便第三次的借口。

据我想来,佥事——文士诗人往往误作签事,今据官书正定——这一个官儿倒也并不算怎样“区区”,只要看我免职之后,就颇有些人在那里钻谋补缺,便是一个老大的证据。至于又有些人以为无足重轻者,大约自己现在还不过做几句“说不出”的诗文[14],所以不知不觉地就来“慷他人之慨”了罢,因为人的将来是想不到的。然而,惭愧我还不是“臣罪当诛兮天王圣明”[15]式的理想奴才,所以竟不能“尽如人意”,已经在平政院[16]对章士钊提起诉讼了。

提起诉讼之后,我只在答KS君信里论及一回章士钊,但听说已经要“人格卑污”了。然而别一论客却道是并不大骂,所以鲁迅究竟不足取。我所经验的事委实有点希奇,每有“碰壁”一类的事故,平时回护我的大抵愿我设法应付,甚至于暂图苟全。平时憎恶我的却总希望我做一个完人,即使敌手用了卑劣的流言和阴谋,也应该正襟危坐,毫无愤怨,默默地吃苦;或则戟指嚼舌,喷血而亡。为什么呢?自然是专为顾全我的人格起见喽。

够了,我其实又何尝“碰壁”,至多也不过遇见了“鬼打墙”罢了。

九月十五日。

*　　*　　*

〔1〕 本篇最初发表于1925年9月21日《语丝》周刊第四十五期。

〔2〕 “一个女读者” 参看本书第81页注〔5〕。下文的“婃”是作者自造的字,即女性的“卒”。

〔3〕 李仲揆(1889—1971) 改名四光,字福生,湖北黄冈人,地质学家。曾留学英国,当时任北京大学教授。他在《现代评论》第二卷第三十七期(1925年8月22日)发表《在北京女师大观剧的经验》一

文，其中说：“有一天晚上（按为1925年7月31日），已经被学生驱逐了的校长杨荫榆先生打来一次电话，她大致说：‘女师大的问题现在可以解决。明早有几位朋友到学校参观，务必请你也来一次。……我并预备叫一辆汽车来接你。’我当时想到，杨先生和我不过见面两次，……又想到如若杨先生的话属实，名振一时的文明新戏也许演到最后一幕。时乎不再来，为什么不学北京大爷们的办法去得一点经验？所以我快快的应允了杨先生，并且声明北京的汽车向来与我们骑自转车的人是死对头，千万不要客气。”

〔4〕 段祺瑞（1865—1936） 字芝泉，安徽合肥人，北洋军阀皖系首领。曾随袁世凯创建北洋军，历任北洋政府陆军总长、国务总理。1924年任北洋政府“临时执政”，1926年屠杀北京爱国群众，造成三一八惨案。同年4月被冯玉祥的国民军驱逐下台。1925年8月25日，段祺瑞发布“整顿学风令”，其中说：“迩来学风不靖。屡次变端。一部分不职之教职员。与旷课滋事之学生。交相结托。破坏学纪。……倘有故酿风潮。蔑视政令。则火烈水懦之喻。孰杀谁嗣之谣。前例具存。所宜取则。本执政敢先父兄之教。不博宽大之名。依法从事。决不姑贷。”“先父兄之教”，语出汉代司马相如的《谕巴蜀檄》：“父兄之教不先，子弟之率不谨，寡廉鲜耻，而俗不长厚也；其被刑戮，不亦宜乎！”

〔5〕 “久已夫非一日矣” 语出清代梁章巨《制义丛话》卷二十四，原作“久矣夫千百年来已非一日矣”，是梁所举叠床架屋的八股文滥调的例句。

〔6〕 《女师风潮纪事》 载《妇女周刊》第三十六、三十七两期（1925年8月19、26日），题为《女师大风潮纪事》，作者署名晚愚。其中说及8月1日的事：“八一晨，全校突布满武装军警，各室封锁，截断电话线，停止伙食，断绝交通。同学相顾失色。继而杨氏率打手及其私党……凶拥入校，旋即张贴解散四班学生之布告。”

〔7〕 高仁山(1894—1928) 江苏江阴人,曾留学日本、美国,当时任北京大学教育系教授。后被奉系军阀杀害。他在1925年5月31日《晨报》“时论”栏发表的《大家不管的女师大》一文中说:“最奇怪的就是女师大的专任及主任教授都那里去了?学校闹到这样地步,何以大家不出来设法维持?诸位专任及主任教授,顶好同学生联合起来,商议维持学校的办法,不要让教一点两点钟兼任教员来干涉你们诸位自己学校的事情。”

〔8〕 陈西滢这篇《闲话》载《现代评论》第二卷第三十八期(1925年8月29日)。他先说五卅惨案、沙面惨案还没有解决,又造谣说“苏俄无故的逮捕了多少中国人,监禁在黑黯的牢狱里”,也没有人“反抗”,然后即说到“女师风潮”,讲了鲁迅所摘引的那些话。

〔9〕 弗罗特(S. Freud,1856—1939) 通译弗洛伊德,奥地利精神病学家,精神分析学说的创立者。这种学说认为文学、艺术、哲学、宗教等一切精神现象,都是人们因受压抑而潜伏在下意识里的某种“生命力”(Libido),特别是性欲的潜力所产生的。

〔10〕 “圣之时者也” 孟子赞美孔子的话,语出《孟子·万章(下)》:“孔子,圣之时者也。”据宋代孙奭疏,时者是“惟时适变”之意。

〔11〕 Otto Weininger 华宁该尔(1880—1903),奥地利哲学家。他曾于1903年出版《性与性格》一书,认为妇女的地位应该低于男子。

〔12〕 刘百昭(1893—?) 字可亭,湖南武冈人,曾留学德国,当时任教育部专门教育司司长兼北京艺术专门学校校长。1925年8月6日,章士钊在国务会议上提请停办女师大,当即通过,十日由教育部下令执行。学生闻讯后即开会决议,坚决反对,并在教员中公举九人,学生中公举十二人,组织校务维持会负责校务,于8月10日正式成立。8月17日,章士钊又决定在女师大校址另立所谓“女子大学”,于19日派刘百昭前往筹办。刘到校后即禁止校务维持会活动,并于22日雇用打

手、女仆殴曳学生出校，将她们禁闭在报子街补习科中。“毛丫头”一语，见1925年8月24日《京报》吴稚晖关于女师大问题的《答大同晚报》。该文篇末说：“言止于此。我不愿在这国家存亡即在呼吸的时候，经天纬地，止经纬到几个毛丫头身上去也。”陈西滢在8月29日《现代评论》第三十八期的《闲话》中也说：章士钊“险些弄不过二三十个‘毛丫头’”。

〔13〕 张崧年（1893—1986） 河北献县人，当时教育部的编译员。他在1925年8月26日《京报副刊》发表的关于女师大问题的通信中说：“此所以使我日益相信，如罗素之所信，因世人之愚，许多问题或终于不免只有武力可以解决也！”罗素（B. Russell，1872—1970），英国哲学家。1920年10月曾来我国讲学。

〔14〕 “说不出”的诗文 这是作者对当时某些随意抹杀别人作品，而自己的创作水平低下的文人的讽刺。参看《集外集·“说不出”》。

〔15〕 “臣罪当诛兮天王圣明” 唐代韩愈《拘幽操——文王羑里作》中的句子。据《史记·周本纪》：“崇侯虎谮西伯（按即周文王）于殷纣曰：‘西伯积善累德，诸侯皆向之，将不利于帝。’帝纣乃囚西伯于羑里。”《拘幽操》是韩愈模拟文王的口气写的一首诗。

〔16〕 平政院 北洋政府的官署名称，1914年置，直属于总统，是审理及纠弹官吏违法行为的机构。

并 非 闲 话(二)[1]

向来听说中国人具有大国民的大度,现在看看,也未必然。但是我们要说得好,那么,就说好清净,有志气罢。所以总愿意自己是第一,是唯一,不爱见别的东西共存。行了几年白话,弄古文的人们讨厌了;做了一点新诗,吟古诗的人们憎恶了;做了几首小诗,做长诗的人们生气了;出了几种定期刊物,连别的出定期刊物的人们也来诅咒了:太多,太坏,只好做将来被淘汰的资料。

中国有些地方还在"溺女",就因为豫料她们将来总是没出息的。可惜下手的人们总没有好眼力,否则并以施之男孩,可以减少许多单会消耗食粮的废料。

但是,歌颂"淘汰"别人的人也应该先行自省,看可有怎样不灭的东西在里面,否则,即使不肯自杀,似乎至少也得自己打几个嘴巴。然而人是总是自以为是的,这也许正是逃避被淘汰的一条路。相传曾经有一个人,一向就以"万物不得其所"为宗旨的,平生只有一个大愿,就是愿中国人都死完,但要留下他自己,还有一个女人和一个卖食物的。现在不知道他怎样,久没有听到消息了,那默默无闻的原因,或者就因为中国人还没有死完的缘故罢。

据说,张歆海[2]先生看见两个美国兵打了中国的车夫和巡警，于是三四十个人，后来就有百余人，都跟在他们后面喊“打！打！”，美国兵却终于安然的走到东交民巷口了，还回头“笑着嚷道：‘来呀！来呀！’说也奇怪，这喊打的百余人不到两分钟便居然没有影踪了！”

西滢先生于是在《闲话》中斥之曰：“打！打！宣战！宣战！这样的中国人，呸！”

这样的中国人真应该受“呸！”他们为什么不打的呢，虽然打了也许又有人来说是“拳匪”[3]。但人们那里顾忌得许多，终于不打，“怯”是无疑的。他们所有的不是拳头么？

但不知道他们可曾等候美国兵走进了东交民巷之后，远远地吐了唾沫？《现代评论》上没有记载，或者虽然“怯”，还不至于“卑劣”到那样罢。

然而美国兵终于走进东交民巷口了，毫无损伤，还笑嚷着“来呀来呀”哩！你们还不怕么？你们还敢说“打！打！宣战！宣战！”么？这百余人，就证明着中国人该被打而不作声！

“这样的中国人，呸！呸！！！”

更可悲观的是现在“造谣者的卑鄙龌龊更远过于章炳麟”，真如《闲话》所说，而且只能“匿名的在报上放一两枝冷箭”。而且如果“你代被群众专制所压迫者说了几句公平话，那么你不是与那人有‘密切的关系’，便是吃了他或她的酒饭。在这样的社会里，一个报不顾利害的专论是非，自然免不了诽谤丛生，谣诼蜂起。”[4]这确是近来的实情。即如女师大风潮，西滢先生就听到关于我们的“流言”，而我竟不知道是怎样的“流言”，是那几个“卑鄙龌龊更远过于章炳麟”者所造。还有女生的罪状，已见于章士钊的呈文[5]，而那些作为根据的“流言”，也不知道是那几个“卑鄙龌龊”且至于远不如畜类者所造。但是学生却都被打出了，其时还有人在酒席上得意。——但这自然也是“谣诼”。

可是我倒也并不很以“流言”为奇，如果要造，就听凭他们去造去。好在中国现在还不到“群众专制”的时候，即使有几十个人，只要“无权势”者[6]叫一大群警察，雇些女流氓，一打，就打散了，正无须乎我来为“被压迫者”说什么“公平话”。即使说，人们也未必尽相信，因为“在这样的社会里”，有些“公平话”总还不免是“他或她的酒饭”填出来的。不过事过境迁，“酒饭”已经消化，吸收，只剩下似乎毫无缘故的“公平话”罢了。倘使连酒饭也失了效力，我想，中国也还要光明些。

但是，这也不足为奇的。不是上帝，那里能够超然世外，真下公平的批评。人自以为“公平”的时候，就已经有些醉意了。世间都以“党同伐异”为非，可是谁也不做“党异伐同”的事。现在，除了疯子，倘使有谁要来接吻，人大约总不至于倒给她一个嘴巴的罢。

九月十九日。

*　　*　　*

〔1〕 本篇最初发表于1925年9月25日《猛进》周刊第三十期。

〔2〕 张歆海(1898—1972) 浙江海盐人,早年留学美国,曾任华盛顿会议中国代表团随员,当时是清华大学英文教授。这里所说关于他见美国兵打中国车夫和巡警的事,见《现代评论》第二卷第三十八期(1925年8月29日)陈西滢的《闲话》。该文除转述张歆海的话以外,还有诬辱五卅爱国运动的言论。

〔3〕 "拳匪" 旧时对义和团的蔑称。清末,我国北方爆发以农民、手工业工人和城市贫民为主的义和团运动。他们以设立拳坛,练习拳棒和其他迷信方式组织群众,初以"反清灭洋"为口号,后改为"扶清灭洋",被清廷利用攻打外国使馆,焚烧教堂,1900年(庚子)被俄、德、美、英、法、日、意、奥八国联军和清政府共同镇压。清光绪二十六年五月十七日(1900年6月13日)上谕中始称"拳匪",此前上谕称"义和拳会"。陈西滢在《现代评论》第二卷第二十九期(1925年6月27日)的《闲话》中针对五卅运动和爱国群众说:"我是不赞成高唱宣战的。……我们不妨据理力争。""中国许多人自从庚子以来,一听见外国人就头痛,一看见外国人就胆战。这与拳匪的一味横蛮通是一样的不得当。"

〔4〕 这里的引文都见于陈西滢在《现代评论》第二卷第四十期(1925年9月12日)发表的《闲话》。陈西滢为了掩饰自己散布流言而诬蔑别人造谣,在文中说:"高风亮节如吴稚晖先生尚且有章炳麟诬蔑他报密清廷,其他不如吴先生的人,污辱之来,当然更不能免。何况造谣者的卑鄙龌龊更远过于章炳麟,因为章炳麟还敢负造谣之责,他们只能在黑暗中施些鬼蜮伎俩,顶多匿名的在报上放一两支冷箭。"对他自己袒护章士钊、杨荫榆压迫女师大师生的言论,则说成是"代被群众专制所压迫者说了几句公平话"。参看本书《并非闲话》。

〔5〕 章士钊的呈文 指《停办北京女子师范大学呈文》。其中有"不受检制。竟体忘形。啸聚男生。蔑视长上。家族不知所出。浪士从而推波。……谨愿者尽丧所守。狡黠者毫无忌惮。学纪大紊。礼

教全荒。为吾国今日女学之可悲叹者也。”等语。

〔6〕“无权势”者　指章士钊。1925年9月初,北京大学评议会在讨论宣布脱离教育部议案时,有人担心由此教育部将停拨经费,有人认为可直接向财政部领取。陈西滢为此事在《现代评论》第二卷第四十期(1925年9月12日)的《闲话》中说:“否认一个无权势的‘无耻政客’却去巴结奉承五六个有权势的一样的无耻政客(按指财政部总长等),又怎样的可羞呢?”

十四年的“读经”[1]

自从章士钊主张读经[2]以来，论坛上又很出现了一些论议，如谓经不必尊，读经乃是开倒车之类。我以为这都是多事的，因为民国十四年的“读经”，也如民国前四年，四年，或将来的二十四年一样，主张者的意思，大抵并不如反对者所想像的那么一回事。

尊孔，崇儒，专经，复古，由来已经很久了。皇帝和大臣们，向来总要取其一端，或者“以孝治天下”，或者“以忠诏天下”，而且又“以贞节励天下”。但是，二十四史不现在么？其中有多少孝子，忠臣，节妇和烈女？自然，或者是多到历史上装不下去了；那么，去翻专夸本地人物的府县志书[3]去。我可以说，可惜男的孝子和忠臣也不多的，只有节烈的妇女的名册却大抵有一大卷以至几卷。孔子之徒的经，真不知读到那里去了；倒是不识字的妇女们能实践。还有，欧战时候的参战[4]，我们不是常常自负的么？但可曾用《论语》感化过德国兵，用《易经》咒翻了潜水艇呢？[5]儒者们引为劳绩的，倒是那大抵目不识丁的华工[6]！

所以要中国好，或者倒不如不识字罢，一识字，就有近乎读经的病根了。“瞰亡往拜”“出疆载质”[7]的最巧玩艺儿，经上都有，我读熟过的。只有几个胡涂透顶的笨牛，真会诚心诚意地来主张读经。而且这样的脚色,也不消和他们讨论。他们虽说什么经,什么古,实在不过是空嚷嚷。问他们经可是要读到像颜回,子思,孟轲,朱熹,秦桧(他是状元),王守仁,徐世昌,曹锟;[8]古可是要复到像清(即所谓“本朝”[9]),元,金,唐,汉,禹汤文武周公[10],无怀氏,葛天氏[11]?他们其实都没有定见。他们也知不清颜回以至曹锟为人怎样,“本朝”以至葛天氏情形如何;不过像苍蝇们失掉了垃圾堆,自不免嗡嗡地叫。况且既然是诚心诚意主张读经的笨牛,则决无钻营,取巧,献媚的手段可知,一定不会阔气;他的主张,自然也决不会发生什么效力的。

至于现在的能以他的主张,引起若干议论的,则大概是阔人。阔人决不是笨牛,否则,他早已伏处牖下,老死田间了。现在岂不是正值“人心不古”的时候么?则其所以得阔之道,居然可知。他们的主张,其实并非那些笨牛一般的真主张,是所谓别有用意;反对者们以为他真相信读经可以救国[12],真是“谬以千里”[13]了!

我总相信现在的阔人都是聪明人;反过来说,就是倘使老实,必不能阔是也。至于所挂的招牌是佛学,是孔道,那倒没有什么关系。总而言之,是读经已经读过了,很悟到一点玩意儿,这种玩意儿,是孔二先生的先生老聃的大著作里就有的,[14]此后的书本子里还随时可得。所以他们都比不识字的节妇,烈女,华工聪明;甚而至于比真要读经的笨牛还聪明。何也?曰:“学而优则仕”[15]故也。倘若“学”而不“优”,则以笨牛没世,其读经的主张,也不为世间所知。

孔子岂不是“圣之时者也”么，而况“之徒”呢？现在是主张“读经”的时候了。武则天[16]做皇帝，谁敢说“男尊女卑”？多数主义[17]虽然现称过激派，如果在列宁治下，则共产之合于葛天氏，一定可以考据出来的。但幸而现在英国和日本的力量还不弱，所以，主张亲俄者，是被卢布换去了良心[18]。

我看不见读经之徒的良心怎样，但我觉得他们大抵是聪明人，而这聪明，就是从读经和古文得来的。我们这曾经文明过而后来奉迎过蒙古人满洲人大驾了的国度里，古书实在太多，倘不是笨牛，读一点就可以知道，怎样敷衍，偷生，献媚，弄权，自私，然而能够假借大义，窃取美名。再进一步，并可以悟出中国人是健忘的，无论怎样言行不符，名实不副，前后矛盾，撒诳造谣，蝇营狗苟，都不要紧，经过若干时候，自然被忘得干干净净；只要留下一点卫道模样的文字，将来仍不失为“正人君子”。况且即使将来没有“正人君子”之称，于目下的实利又何损哉？

这一类的主张读经者，是明知道读经不足以救国的，也不希望人们都读成他自己那样的；但是，要些把戏，将人们作笨牛看则有之，“读经”不过是这一回要把戏偶尔用到的工具。抗议的诸公倘若不明乎此，还要正经老实地来评道理，谈利害，那我可不再客气，也要将你们归入诚心诚意主张读经的笨牛类里去了。

以这样文不对题的话来解释“俨乎其然”的主张，我自己也知道有不恭之嫌，然而我又自信我的话，因为我也是从“读经”得来的。我几乎读过十三经[19]。

衰老的国度大概就免不了这类现象。这正如人体一样,年事老了,废料愈积愈多,组织间又沉积下矿质,使组织变硬,易就于灭亡。一面,则原是养卫人体的游走细胞(Wanderzelle)渐次变性,只顾自己,只要组织间有小洞,它便钻,蚕食各组织,使组织耗损,易就于灭亡。俄国有名的医学者梅契尼珂夫(Elias Metschnikov)[20]特地给他别立了一个名目:大嚼细胞(Fresserzelle)。据说,必须扑灭了这些,人体才免于老衰;要扑灭这些,则须每日服用一种酸性剂。他自己就实行着。

古国的灭亡,就因为大部分的组织被太多的古习惯教养得硬化了,不再能够转移,来适应新环境。若干分子又被太多的坏经验教养得聪明了,于是变性,知道在硬化的社会里,不妨妄行。单是妄行的是可与论议的,故意妄行的却无须再与谈理。惟一的疗救,是在另开药方:酸性剂,或者简直是强酸剂。

不提防临末又提到了一个俄国人,怕又有人要疑心我收到卢布了罢。我现在郑重声明:我没有收过一张纸卢布。因为俄国还未赤化之前,他已经死掉了,是生了别的急病,和他那正在实验的药的有效与否这问题无干。

十一月十八日。

*　　*　　*

〔1〕 本篇最初发表于1925年11月27日《猛进》周刊第三十

九期。

十四年，指民国十四年，即1925年。

〔2〕 章士钊主张读经 1925年11月2日由章士钊主持的教育部部务会议议决，小学自初小四年级起开始读经，每周一小时，至高小毕业止。

〔3〕 府县志书 记载一府、一县的历史沿革及其政治、经济、地理、文化、风俗、人物的书。

〔4〕 欧战 指1914年至1918年的第一次世界大战。北洋政府于1917年8月14日宣布加入英法等协约国对德奥宣战。

〔5〕《论语》 记录孔子言行的书；《易经》，即《周易》，大约产生于殷周时代，是古代记载占卜的书。旧时一部分读书人认为经书有驱邪却敌的神力，所以这里如此说。

〔6〕 华工 指在第一次世界大战期间，被派去参加协约国对同盟国作战的中国工人。参看本书《补白》第一节。

〔7〕 “瞰亡往拜” 语出《论语·阳货》：“阳货欲见孔子，孔子不见；归孔子豚，孔子时其亡也，而往拜之。”意思是孔子不愿见阳货，便有意乘阳货不在的时候去拜望他。“出疆载质”，语出《孟子·滕文公（下）》：“孔子三月无君，则皇皇如也；出疆必载质。”意思是孔子如果三个月没有君主任用他，他就焦急不安，一定要带了礼物出国（去见别国的君主）。

〔8〕 颜回（前521—前490） 孔子的弟子。子思（约前483—前402），孔子的孙子。孟轲（约前372—前289），战国中期儒家主要代表。朱熹（1130—1200），宋代理学家。王守仁（1472—1529），明代理学家。徐世昌（1855—1939），清末的大官僚；曹锟（1862—1938），北洋直系军阀。徐、曹又都曾任北洋政府的总统。

〔9〕“本朝”　辛亥革命后，一般遗老仍称前清为“本朝”。

〔10〕禹汤文武周公　禹，夏朝的建立者。汤，商代的第一个君主。文，即周文王，商末周族领袖，周代尊称为文王。武，即周武王，周代的第一个君主。周公，武王之弟，成王时曾由他摄政。

〔11〕无怀氏，葛天氏　都是传说中我国上古时代的帝王。据说无怀氏时，其民安居甘食，老死不相往来；葛天氏时，其治不言而自信，不化而自行，是自然淳朴之世。

〔12〕读经可以救国　这是章士钊等人的一种论调。《甲寅》周刊第一卷第九号（1925年9月12日）发表章士钊和孙师郑关于“读经救国”的通信，孙说：“拙著读经救国论。与先生政见。乃多暗合”；章则赞赏说：“读经救国论。略诵一过。取材甚为精当。比附说明。应有尽有。不图今世。犹见斯文。”

〔13〕“谬以千里”　语出《汉书·司马迁传》：“差以毫厘，谬以千里。”

〔14〕孔二先生　孔子名丘字仲尼，即表明排行第二。据《孔子家语·本姓解》，孔丘有兄名孟皮。老聃，即老子，相传孔子曾向他问礼，所以后来有人说他是孔子的先生。“大著作”，指《道德经》（即《老子》），是道家的主要经典，其中有“将欲歙之，必固张之；将欲弱之，必固强之；将欲废之，必固兴之；将欲夺之，必固与之”一类的话，旧时有人认为老子崇尚阴谋权术。

〔15〕“学而优则仕”　语出《论语·子张》：“仕而优则学，学而优则仕。”宋代朱熹《论语集注》：“优，有余力也。”

〔16〕武则天（624—705）　名曌，并州文水（今山西文水）人，唐高宗（李治）的皇后。高宗死后，她自立为皇帝，改国号曰周；退位后称“则天大圣皇帝”。

〔17〕 多数主义 指俄国布尔什维克主义。布尔什维克，俄语Большевик的音译，意即多数派。

〔18〕 卢布换去了良心 当时报刊上常有此类言论，如1925年10月8日《晨报副刊》刊登的《苏俄究竟是不是我们的朋友?》一文说：“帝国主义的国家仅仅吸取我们的资财，桎梏我们的手足，苏俄竟然收买我们的良心，腐蚀我们的灵魂。”

〔19〕 十三经 指十三部儒家经典，即《诗》、《书》、《易》、《周礼》、《礼记》、《仪礼》、《公羊传》、《偲梁传》、《左传》、《孝经》、《论语》、《尔雅》和《孟子》。

〔20〕 梅契尼珂夫（И. И. Мечников，1845—1916） 俄国生物学家，免疫学的创始人之一。著有《传染病的免疫问题》等。

评心雕龙[1]

甲　A-a-a-ch![2]

乙　你搬到外国去！并且带了你的家眷![3]你可是黄帝子孙？中国话里叹声尽多,你为什么要说洋话？敝人是不怕的,敢说:要你搬到外国去!

丙　他是在骂中国,奚落中国人,替某国间接宣传咱们中国的坏处。他的表兄的侄子的太太就是某国人。

丁　中国话里这样的叹声倒也有的,他不过是自然地喊。但这就证明了他是一个死尸！现在应该用表现法;除了表现地喊,一切声音都不算声音。这“A-a-a”倒也有一点成功了,但那“ch”就没有味。——自然,我的话也许是错的;但至少我今天相信我的话并不错。

戊　那么,就须说“嗟”,用这样“引车卖浆者流”[4]的话,是要使自己的身分成为下等的。况且现在正要读经了……。

己　胡说！说“唉”也行。但可恨他竟说过好几回,将“唉”都“垄断”了去,使我们没有来说的余地了。

庚　曰“唉”乎？予蔑闻之。何也？噫嘻吗呢为之障也[5]。

辛　然哉！故予素主张而文言者也。

壬　嗟夫！余曩者之曾为白话，盖痰迷心窍者也，而今悔之矣。

癸　他说“呸”么？这是人格已经破产了！我本就看不起他，正如他的看不起我。现在因为受了庚先生几句抢白，便“呸”起来；非人格破产是甚么？我并非赞成庚先生，我也批评过他的。可是他不配“呸”庚先生。我就是爱说公道话。

子　但他是说“嗳”。

丑　你是他一党！否则，何以替他来辩？我们是青年，我们就有这个脾气，心爱吹毛求疵。他说“呸”或说“嗳”，我固然没有听到；但即使他说的真是“嗳”，又何损于癸君的批评的价值呢。可是你既然是他的一党，那么，你就也人格破产了！

寅　不要破口就骂。满口谩骂，不成其为批评，Gentleman决不如此。至于说批评全不能骂，那也不然。应该估定他的错处，给以相当的骂，像塾师打学生的手心一样，要公平。骂人，自然也许要得到回报的，可是我们也须有这一点不怕事的胆量：批评本来是“精神的冒险”呀！[6]

卯　这确是一条熹微翠朴的硬汉！王九妈妈的崚嶒小搨囊，杜鹃叫道“行不得也哥哥”儿。淼然“哀哈”之蓝缕的蒺藜，劣马样儿。这口风一滑溜，凡有绯刚的评论都要逼得翘辫儿了。[7]

辰　并不是这么一回事。他是窃取着外国人的声音，翻译着。喂！你为什么不去创作？

巳　那么，他就犯了罪了！研究起来，字典上只有

“Ach”,没有什么“A-a-a-ch”。我实在料不到他竟这样杜撰。所以我说:你们都得买一本字典[8],坐在书房里看看,这才免得为这类脚色所欺。

午 他不再往下说,他的话流产了。

未 夫今之青年何其多流产[9]也,岂非因为急于出风头之故么?所以我奉劝今之青年,安分守己,切莫动弹,庶几可以免于流产,……

申 夫今之青年何其多误译也,还不是因为不买字典之故么?且夫……

酉 这实在“唉”得不行!中国之所以这样“世风日下”,就是他说了“唉”的缘故。但是诸位在这里,我不妨明说,三十年前,我也曾经“唉”过的,我何尝是木石,我实在是开风气之先[10]。后来我觉得流弊太多了,便绝口不谈此事,并且深恶而痛绝之。并且到了今年,深悟读经之可以救国,并且深信白话文之应该废除。但是我并不说中国应该守旧……。

戌 我也并且到了今年,深信读经之可以救国……。

亥 并且深信白话文之应当废除……。

十一月十八日。

* * *

〔1〕 本篇最初发表于1925年11月27日《莽原》周刊第三十二期。

“雕龙”一语,见于《史记·孟子荀卿列传》:“雕龙奭”。据南朝宋裴骃集解引刘向《别录》:“驺奭修衍(驺衍)之文,饰若雕镂龙文,故曰

‘雕龙’。”南朝梁刘勰曾采用这个意思，把他的一部文学批评著作题为《文心雕龙》。本篇的题目即套用《文心雕龙》，意在讥讽当时文化界一些人的言论。

〔2〕 A-a-a-ch　即 Ach，德语感叹词，读如“啊喝”。

〔3〕 关于“搬到外国去”的话，参看本书第 87 页注〔2〕。

〔4〕 “引车卖浆者流”　1919 年 3 月林琴南在致蔡元培的公开信中攻击白话文说：“若尽废古书，行用土语为文字，则都下引车卖浆之徒所操之语，按之皆有文法，……据此则凡京津之稗贩，均可用为教授矣。”（见 1919 年 3 月 18 日北京《公言报》）

〔5〕 噫嘻吗呢　章士钊在《甲寅》周刊第一卷第二号（1925 年 7 月 25 日）《孤桐杂记》中说：“陈君（按指陈西滢）……喜作流行恶滥之白话文。致失国文风趣。……屡有佳文。愚摈弗读。读亦弗卒。即噫（原文作嘻）嘻吗呢为之障也。”

〔6〕 关于批评与谩骂的话，可能是针对《现代评论》第一卷第二期（1924 年 12 月 20 日）西林的《批评与骂人》一文而发的。该文有如下一些议论：“批评的时候，虽可以骂人，骂人却不就是批评。两个洋车相撞，车夫回过头来，你一句，我一句，那是骂人，那不是批评……我决不赞成一个人乱骂人，因而丢了自己的脸。”“讲到批评的时候免不了骂人……我们都不能不承认‘不通’，‘胡说’，‘糟踏纸张笔墨’，是骂人；我们都不能不承认在相当的情形之下，这些话是最恰当的批评”。“新近报纸上常引法国大文学家法朗士的话，说：批评是‘灵魂的冒险’。既是一个‘灵魂’，‘冒险’，还能受什么范围？”Gentleman，英语：绅士。“精神的冒险”，也译作“灵魂的冒险”。法国作家法朗士在《文学生活》一书中说过文学批评是“灵魂在杰作中的冒险”的话。

〔7〕 这一节是模仿徐志摩的文字。参看《集外集·“音乐”？》。

〔8〕 买一本字典　胡适在《现代评论》第一卷第二十一期（1925

年5月2日)的《胡说(一)》中,说“近来翻译家犯的罪过确也不少了”,他指责王统照在翻译美国诗人朗费罗的长诗《克司台凯莱的盲女》时不查字典,“捏造谬解”,“完全不通”。并说:“我常对我的翻译班学生说,‘你们宁可少进一年学堂,千万省下几个钱来买一部好字典。那是你们的真先生,终身可以跟你们跑。’”

〔9〕 青年何其多流产　当时有些人把青年作者发表不够成熟的作品斥为“流产”。《现代评论》第二卷第三十期(1925年7月4日)刊登江绍原《黄狗与青年作者》一文,认为由于报刊的编辑者不知选择,只要稿子,青年作者“就天天生产——生产出许多先天不足,月分不足的小家伙们。”随后徐志摩等人也发表文章应和。同年10月5日徐志摩主编的《晨报副刊》发表奚若的《副刊殃》一文,指责青年作者“藉副刊作出风头的场所,更属堕志”。鲁迅对这种论调的批评,可参看本书《这个与那个》第四节。

〔10〕 开风气之先　1925年章士钊在他主编的《甲寅》周刊上激烈反对白话文。胡适在《国语》周刊十二期(1925年8月30日)发表《老章又反叛了》一文,其中说到章士钊也是很早就写过白话诗的,“同是曾开风气人”。章即在《甲寅》周刊一卷八号(1925年9月5日)发表《答适之》,其中也说:“二十年前。吾友林少泉好谈此道。愚曾试为而不肖。十年前复为之。仍不肖。五年前又为之。更不肖。愚自是阁笔。”

这个与那个[1]

一　读经与读史

一个阔人说要读经[2],嗡的一阵一群狭人也说要读经。岂但“读”而已矣哉,据说还可以“救国”哩。“学而时习之,不亦说乎?”[3]那也许是确凿的罢,然而甲午战败了,——为什么独独要说“甲午”呢,是因为其时还在开学校,废读经[4]以前。

我以为伏案还未功深的朋友,现在正不必埋头来哼线装书。倘其咿唔日久,对于旧书有些上瘾了,那么,倒不如去读史,尤其是宋朝明朝史,而且尤须是野史;或者看杂说。

现在中西的学者们,几乎一听到“钦定四库全书”[5]这名目就魂不附体,膝弯总要软下来似的。其实呢,书的原式是改变了,错字是加添了,甚至于连文章都删改了,最便当的是《琳琅秘室从书》[6]中的两种《茅亭客话》[7],一是宋本,一是四库本,一比较就知道。“官修”而加以“钦定”的正史也一样,不但本纪咧,列传咧,要摆“史架子”;里面也不敢说什么。据说,字里行间是也含着什么褒贬的,但谁有这么多的心眼儿来猜闷壶卢。至今还道“将平生事迹宣付国史馆立传”,还是算了罢。

野史和杂说自然也免不了有讹传,挟恩怨,但看往事却可以较分明,因为它究竟不像正史那样地装腔作势。看宋事,

《三朝北盟汇编》[8]已经变成古董，太贵了，新排印的《宋人说部丛书》[9]却还便宜。明事呢，《野获编》[10]原也好，但也化为古董了，每部数十元；易于入手的是《明季南北略》[11]，《明季稗史汇编》[12]，以及新近集印的《痛史》[13]。

史书本来是过去的陈帐簿，和急进的猛士不相干。但先前说过，倘若还不能忘情于咿唔，倒也可以翻翻，知道我们现在的情形，和那时的何其神似，而现在的昏妄举动，胡涂思想，那时也早已有过，并且都闹糟了。

试到中央公园去，大概总可以遇见祖母带着她孙女儿在玩的。这位祖母的模样，就预示着那娃儿的将来。所以倘有谁要预知令夫人后日的丰姿，也只要看丈母。不同是当然要有些不同的，但总归相去不远。我们查帐的用处就在此。

但我并不说古来如此，现在遂无可为，劝人们对于"过去"生敬畏心，以为它已经铸定了我们的运命。Le Bon[14]先生说，死人之力比生人大，诚然也有一理的，然而人类究竟进化着。又据章士钊总长说，则美国的什么地方已在禁讲进化论[15]了，这实在是吓死我也，然而禁只管禁，进却总要进的。

总之：读史，就愈可以觉悟中国改革之不可缓了。虽是国民性，要改革也得改革，否则，杂史杂说上所写的就是前车。一改革，就无须怕孙女儿总要像点祖母那些事，譬如祖母的脚是三角形，步履维艰的，小姑娘的却是天足，能飞跑；丈母老太太出过天花，脸上有些缺点的，令夫人却种的是牛痘，所以细皮白肉：这也就大差其远了。

十二月八日。

二 捧与挖

中国的人们，遇见带有会使自己不安的朕兆的人物，向来就用两样法：将他压下去，或者将他捧起来。

压下去就用旧习惯和旧道德，或者凭官力，所以孤独的精神的战士，虽然为民众战斗，却往往反为这"所为"而灭亡。到这样，他们这才安心了。压不下时，则于是乎捧，以为抬之使高，餍之使足，便可以于己稍稍无害，得以安心。

伶俐的人们，自然也有谋利而捧的，如捧阔老，捧戏子，捧总长之类；但在一般粗人，——就是未尝"读经"的，则凡有捧的行为的"动机"，大概是不过想免害。即以所奉祀的神道而论，也大抵是凶恶的，火神瘟神不待言，连财神也是蛇呀刺蜎呀似的骇人的畜类；观音菩萨倒还可爱，然而那是从印度输入的，并非我们的"国粹"。要而言之：凡是被捧者，十之九不是好东西。

既然十之九不是好东西，则被捧而后，那结果便自然和捧者的希望适得其反了。不但能使不安，还能使他们很不安，因为人心本来不易餍足。然而人们终于至今没有悟，还以捧为苟安之一道。

记得有一部讲笑话的书，名目忘记了，也许是《笑林广记》[16]罢，说，当一个知县的寿辰，因为他是子年生，属鼠的，属员们便集资铸了一个金老鼠去作贺礼。知县收受之后，另寻了机会对大众说道：明年又恰巧是贱内的整寿；她比我小一岁，是属牛的。其实，如果大家先不送金老鼠，他决不敢想金牛。一送开手，可就难于收拾了，无论金牛无力致送，即使送了，怕他的姨太太也会属象。象不在十二生肖之内，似乎不近情理罢，但这是我替他设想的法子罢了，知县当然别有我们所莫测高深的妙法在。

民元革命时候，我在S城，来了一个都督。[17]他虽然也出身绿林大学，未尝“读经”（?），但倒是还算顾大局，听舆论的，可是自绅士以至于庶民，又用了祖传的捧法群起而捧之了。这个拜会，那个恭维，今天送衣料，明天送翅席，捧得他连自己也忘其所以，结果是渐渐变成老官僚一样，动手刮地皮。

最奇怪的是北几省的河道，竟捧得河身比屋顶高得多了。当初自然是防其溃决，所以壅上一点土；殊不料愈壅愈高，一旦溃决，那祸害就更大。于是就“抢堤”咧，“护堤”咧，“严防决堤”咧，花色繁多，大家吃苦。如果当初见河水泛滥，不去增堤，却去挖底，我以为决不至于这样。

有贪图金牛者，不但金老鼠，便是死老鼠也不给。那么，此辈也就连生日都未必做了。单是省却拜寿，已经是一件大快事。

中国人的自讨苦吃的根苗在于捧，“自求多福”[18]之道却在于挖。其实，劳力之量是差不多的，但从惰性太多的人们看来，却以为还是捧省力。

十二月十日。

三 最先与最后

《韩非子》说赛马的妙法，在于“不为最先，不耻最后”。[19]这虽是从我们这样外行的人看起来，也觉得很有理。因为假若一开首便拚命奔驰，则马力易竭。但那第一句是只适用于赛马的，不幸中国人却奉为人的处世金鍼了。

中国人不但“不为戎首”，“不为祸始”，甚至于“不为福先”。[20]所以凡事都不容易有改革；前驱和闯将，大抵是谁也怕得做。然而人性岂真能如道家所说的那样恬淡；欲得的却多。既然不敢径取，就只好用阴谋和手段。以此，人们也就日见其卑怯了，既是“不为最先”，自然也不敢“不耻最后”，所以虽是一大堆群众，略见危机，便“纷纷作鸟兽散”了。如果偶有几个不肯退转，因而受害的，公论家便异口同声，称之曰傻子。对于“锲而不舍”[21]的人们也一样。

我有时也偶尔去看看学校的运动会。这种竞争，本来不像两敌国的开战，挟有仇隙的，然而也会因了竞争而骂，或者竟打起来。但这些事又作别论。竞走的时候，大抵是最快的三四个人一到决胜点，其余的便松懈了，有几个还至于失了跑完豫定的圈数的勇气，中途挤入看客的群集中；或者佯为跌倒，使红十字队用担架将他抬走。假若偶有虽然落后，却尽跑，尽跑的人，大家就嗤笑他。大概是因为他太不聪明，“不耻最后”的缘故罢。

所以中国一向就少有失败的英雄，少有韧性的反抗，少有敢单身鏖战的武人,少有敢抚哭叛徒的吊客;见胜兆则纷纷聚集,见败兆则纷纷逃亡。战具比我们精利的欧美人,战具未必比我们精利的匈奴蒙古满洲人,都如入无人之境。"土崩瓦解"这四个字,真是形容得有自知之明。

多有"不耻最后"的人的民族,无论什么事,怕总不会一下子就"土崩瓦解"的,我每看运动会时,常常这样想:优胜者固然可敬,但那虽然落后而仍非跑至终点不止的竞技者,和见了这样竞技者而肃然不笑的看客,乃正是中国将来的脊梁。

四　流产与断种

近来对于青年的创作,忽然降下一个"流产"的恶谥,哄然应和的就有一大群。我现在相信,发明这话的是没有什么恶意的,不过偶尔说一说;应和的也是情有可原的,因为世事本来大概就这样。

我独不解中国人何以于旧状况那么心平气和,于较新的机运就这么疾首蹙额;于已成之局那么委曲求全,于初兴之事就这么求全责备?

智识高超而眼光远大的先生们开导我们:生下来的倘不是圣贤,豪杰,天才,就不要生;写出来的倘不是不朽之作,就不要写;改革的事倘不是一下子就变成极乐世界,或者,至少能给我(!)有更多的好处,就万万不要动!……

那么,他是保守派么?据说:并不然的。他正是革命家。

惟独他有公平，正当，稳健，圆满，平和，毫无流弊的改革法；现下正在研究室里研究着哩，——只是还没有研究好。

什么时候研究好呢？答曰：没有准儿。

孩子初学步的第一步，在成人看来，的确是幼稚，危险，不成样子，或者简直是可笑的。但无论怎样的愚妇人，却总以恳切的希望的心，看他跨出这第一步去，决不会因为他的走法幼稚，怕要阻碍阔人的路线而"逼死"他；也决不至于将他禁在床上，使他躺着研究到能够飞跑时再下地。因为她知道：假如这么办，即使长到一百岁也还是不会走路的。

古来就这样，所谓读书人，对于后起者却反而专用彰明较著的或改头换面的禁锢。近来自然客气些，有谁出来，大抵会遇见学士文人们挡驾：且住，请坐。接着是谈道理了：调查，研究，推敲，修养，……结果是老死在原地方。否则，便得到"捣乱"的称号。我也曾有如现在的青年一样，向已死和未死的导师们问过应走的路。他们都说：不可向东，或西，或南，或北。但不说应该向东，或西，或南，或北。我终于发见他们心底里的蕴蓄了：不过是一个"不走"而已。

坐着而等待平安，等待前进，倘能，那自然是很好的，但可虑的是老死而所等待的却终于不至；不生育，不流产而等待一个英伟的宁馨儿〔22〕，那自然也很可喜的，但可虑的是终于什么也没有。

倘以为与其所得的不是出类拔萃的婴儿，不如断种，那就无话可说。但如果我们永远要听见人类的足音，则我以为流产究竟比不生产还有望，因为这已经明明白白地证明着能够生产的了。

十二月二十日。

＊　　＊　　＊

〔1〕 本篇最初分三次发表于1925年12月10日、12日、22日北京《国民新报副刊》。

〔2〕 一个阔人　指章士钊。关于读经“救国”，参看本书第138页注〔12〕。

〔3〕 “学而时习之，不亦说乎”　语出《论语·学而》。孔子语，“说”同“悦”。

〔4〕 开学校，废读经　清政府在1894年（光绪二十年，甲午）中日战争中战败后，曾采取了一些改良主义的办法。戊戌变法（1898）期间，光绪帝于七月六日下诏普遍设立中小学，改书院为学堂；六月二十日曾诏令在科举考试中废止八股，“向用四书文者，一律改试策论”。变法失败后，清廷于1902年（光绪二十八年）颁布《钦定学堂章程》，开始兴办学堂；1905年又下诏停科举，自此废止读经。

〔5〕 “钦定四库全书”　清乾隆三十八年（1773）设立四库全书馆，把宫中所藏和民间所献书籍，命馆臣分别加以选择、钞录，费时十年，共选录书籍三千五百零三种，分经、史、子、集四部，即所谓“钦定四库全书”。它在一定程度上起了保存和整理文献的作用；但这也是清政府文化统制的具体措施之一，凡被认为“违碍”的书，或遭“全毁”、“抽毁”，或被加以篡改，使后来无可依据。

〔6〕 《琳琅秘室丛书》　清代胡珽校刊，共五集，计三十六种。所收主要是掌故、说部、释道方面的书。

〔7〕 《茅亭客话》　宋代黄休复著，共十卷。内容是记录从五代

到宋代真宗时(约当公元十世纪)的蜀中杂事。

〔8〕《三朝北盟汇编》 宋代徐梦莘编,共二百五十卷。书中汇辑从宋徽宗政和七年(1117)到高宗绍兴三十一年(1161)间宋金和战的史料。

〔9〕《宋人说部丛书》 指商务印书馆印行的"宋人说部书"(都是笔记小说),夏敬观编校,共出二十余种。

〔10〕《野获编》 即《万历野获编》,明代沈德符著,三十卷,补遗四卷。记载明代开国至神宗万历间的典章制度和街谈巷语。

〔11〕《明季南北略》 指《明季北略》和《明季南略》。清代计六奇编。《北略》二十四卷,记载万历四十四年(1616)至崇祯十七年(1644)间事;《南略》十八卷,与《北略》相衔接,记至清康熙元年(1662)南明永历帝被害止。

〔12〕《明季稗史汇编》 清代留云居士辑,共二十七卷,汇刊稗史十六种。各书所记都是明末的遗事。有都城留云居排印本。

〔13〕《痛史》 乐天居士编,共三集。辛亥革命后由上海商务印书馆汇印,收明末清初野史二十余种。

〔14〕 Le Bon 勒朋(1841—1931),法国社会心理学家。他在《民族进化的心理定律》一书中说:"欲了解种族之真义必将之同时伸长于过去与将来,死者较之生者是无限的更众多,也是较之他们更强有力。"(张公表译,商务印书馆版)参看《热风·随感录三十八》。

〔15〕 关于美国禁讲进化论,章士钊在《甲寅》周刊第一卷第十七号(1925年11月7日)的《再疏解辉义》中说:"田芮西州Tennessee。尊崇耶教较笃者也。曾于州宪订明。凡学校教科书。理与圣经相牾。应行禁制。州有市曰堞塘Dayton。其小学校中。有教员曰师科布John Thomas Scopes。以进化论授于徒。州政府大怒。谓其既违教义。复触

宪纲。因名捕师氏。下法官按问其罪。”后来因“念其文士。罚锾百元”。进化论，英国生物学家达尔文（1809—1882）在《物种起源》等著作中提出的以自然选择为基础的进化学说。它揭示了生物的起源、变异和发展的规律，对近代生物科学产生了巨大影响。

〔16〕《笑林广记》 明代冯梦龙编有《广笑府》十三卷，至清代被禁止，后来书坊改编为《笑林广记》，共十二卷，编者署名游戏主人。关于金老鼠的笑话，见该书卷一（亦见《广笑府》卷二）。

〔17〕 民元革命 即辛亥革命。S城，指绍兴；都督，指王金发（1883—1915），浙江嵊县人。曾留学日本，加入光复会。辛亥革命后任绍兴军政分府都督。后被督理浙江军务朱瑞杀害。参看《朝花夕拾·范爱农》及其有关注释。王金发曾领导浙东洪门会党平阳党，号称万人，故作者戏称他“出身绿林大学”。

〔18〕 “自求多福” 语出《诗经·大雅·文王》：“永言配命，自求多福。”意思是只要顺天命而行，则福禄自来。

〔19〕 “不为最先，不耻最后” 参看本书第115页注〔29〕。

〔20〕 “不为戎首” 语出《礼记·檀弓》：“毋为戎首，不亦善乎？”据汉代郑玄注：“为兵主来攻伐曰戎首”。“不为祸始”、“不为福先”，语出《庄子·刻意》：“不为福先，不为祸始；感而后应，迫而后动，不得已而后起。”

〔21〕 “锲而不舍” 语出《荀子·劝学》：“锲而不舍，金石可镂。”锲，雕刻的意思。

〔22〕 宁馨儿 晋宋时代俗语。《晋书·王衍传》：“何物老妪，生宁馨儿。”宁馨儿是“这样的孩子”的意思。宁，这样；馨，语助词。

并非闲话(三)[1]

西滢先生这回是义形于色,在《现代评论》四十八期的《闲话》里很为被书贾擅自选印作品,因而受了物质上损害的作者抱不平。而且贱名也忝列于作者之列:惶恐透了。吃饭之后,写一点自己的所感罢。至于捏笔的"动机",那可大概是"不纯洁"的。[2]记得幼小时候住在故乡,每看见绅士将一点骗人的自以为所谓恩惠,颁给下等人,而下等人不大感谢时,则斥之曰"不识抬举!"我的父祖是读书的,总该可以算得士流了,但不幸从我起,不知怎的就有了下等脾气,不但恩惠,连吊慰都不很愿意受,老实说罢:我总疑心是假的。这种疑心,大约就是"不识抬举"的根苗,或者还要使写出来的东西"不纯洁"。

我何尝有什么白刃在前,烈火在后,还是钉住书桌,非写不可的"创作冲动"[3];虽然明知道这种冲动是纯洁,高尚,可贵的,然而其如没有何。前几天早晨,被一个朋友怒视了两眼,倒觉得脸有点热,心有点酸,颇近乎有什么冲动了,但后来被深秋的寒风一吹拂,脸上的温度便复原,——没有创作。至于已经印过的那些,那是被挤出来的。这"挤"字是挤牛乳之"挤";这"挤牛乳"是专来说明"挤"字的,并非故意将我的作品比作牛乳,希冀装在玻璃瓶里,送进什么"艺术之宫"。倘用现在突然流行起来了的论调，将青年的急于发表未熟的作品称为“流产”，则我的便是“打胎”；或者简直不是胎，是狸猫充太子[4]。所以一写完，便完事，管他妈的，书贾怎么偷，文士怎么说，都不再来提心吊胆。但是，如果有我所相信的人愿意看，称赞好，我终于是欢喜的。后来也集印了，为的是还想卖几文钱，老实说。

那么，我在写的时候没有虔敬的心么？答曰：有罢。即使没有这种冠冕堂皇的心，也决不故意要些油腔滑调。被挤着，还能嬉皮笑脸，游戏三昧[5]么？倘能，那简直是神仙了。我并没有在吕纯阳[6]祖师门下投诚过。

但写出以后，却也不很爱惜羽毛，有所谓“敝帚自珍”的意思，因为，已经说过，其时已经是“便完事，管他妈的”了。谁有心肠来管这些无聊的后事呢？所以虽然有什么选家在那里放出他那伟大的眼光，选印我的作品，我也照例给他一个不管。其实，要管也无从管起的。我曾经替人代理过一回收版税的译本，打听得卖完之后，向书店去要钱，回信却道，旧经理人已经辞职回家了，你向他要去罢；我们可是不知道。这书店在上海，我怎能趁了火车去向他坐索，或者打官司？但我对于这等选本，私心却也有“窃以为不然”的几点，一是原本上的错字，虽然一见就明知道是错的，他也照样错下去；二是他们每要发几句伟论，例如什么主义咧，什么意思咧之类，[7]大抵是我自己倒觉得并不这样的事。自然，批评是“精神底冒险”，批评家的精神总比作者会先一步的，但在他们的所谓死尸上，我却分明听到心搏，这真是到死也说不到一块儿。此外,倒也没有什么大怨气了。

这虽然似乎是东方文明式的大度,但其实倒怕是因为我不靠卖文营生。在中国,骈文寿序的定价往往还是每篇一百两,然而白话不值钱;翻译呢,听说是自己不能创作而嫉妒别人去创作的坏心肠人所提倡的,将来文坛一进步,当然更要一文不值。我所写出来的东西,当初虽然很碰过许多大钉子,现在的时价是每千字一至二三元,但是不很有这样好主顾,常常只好尽些不知何自而来的义务。有些人以为我不但用了这些稿费或版税造屋,买米,而且还靠它吸烟卷,吃果糖。殊不知那些款子是另外骗来的;我实在不很擅长于先装鬼脸去吓书坊老板,然后和他接洽。我想,中国最不值钱的是工人的体力了,其次是咱们的所谓文章,只有伶俐最值钱。倘真要直直落落,借文字谋生,则据我的经验,卖来卖去,来回至少一个月,多则一年余,待款子寄到时,作者不但已经饿死,倘在夏天,连筋肉也都烂尽了,那里还有吃饭的肚子。

所以我总用别的道儿谋生;至于所谓文章也者,不挤,便不做。挤了才有,则和什么高超的"烟士披离纯"〔8〕呀,"创作感兴"呀之类不大有关系,也就可想而知。倘说我假如不必用别的道儿谋生,则心志一专,就会有"烟士披离纯"等类,而产生较伟大的作品,至少,也可以免于献出剥皮的狸猫罢,那可是也未必。三家村的冬烘先生,一年到头,一早到夜教村童,不但毫不"时时想政治活动",简直并不很"干着种种无聊的事"〔9〕,但是他们似乎并没有《教育学概论》或"高头讲章"〔10〕的待定稿,藏之名山〔11〕。而马克思的《资本论》〔12〕,

陀思妥夫斯奇的《罪与罚》[13]等,都不是啜末加[14]加啡,吸埃及烟卷之后所写的。除非章士钊总长治下的“有些天才”的编译馆[15]人员,以及讨得官僚津贴或银行广告费的“大报”[16]作者,于谋成事遂,睡足饭饱之余,三月炼字,半年锻句,将来会做出超伦轶群的古奥漂亮作品。总之,在我,是肚子一饱,应酬一少,便要心平气和,关起门来,什么也不写了;即使还写,也许不过是温暾之谈,两可之论,也即所谓执中之说,公允之言,其实等于不写而已。

所以上海的小书贾化作蚊子,吸我的一点血,自然是给我物质上的损害无疑,而我却还没有什么大怨气,因为我知道他们是蚊子,大家也都知道他们是蚊子。我一生中,给我大的损害的并非书贾,并非兵匪,更不是旗帜鲜明的小人:乃是所谓“流言”。即如今年,就有什么“鼓动学潮”呀,“谋做校长”呀,“打落门牙”[17]呀这些话。有一回,竟连现在为我的著作权受损失抱不平的西滢先生也要相信了,也就在《现代评论》(第二十五期)的照例的《闲话》上发表出来;[18]它的效力就可想。譬如一个女学生,与其被若干卑劣阴险的文人学士们暗地里散布些关于品行的谣言,倒不如被土匪抢去一条红围巾——物质。但这种“流言”,造的是一个人还是多数人?姓甚,名谁?我总是查不出;后来,因为没有多工夫,也就不再去查考了,仅为便于述说起见,就总称之曰畜生。

虽然分了类,但不幸这些畜生就杂在人们里,而一样是人头,实际上仍然无从辨别。所以我就多疑,不大要听人们的说话;又因为无话可说,自己也就不大愿意做文章。有时候,甚至于连真的义形于色的公话也会觉得古怪,珍奇,于是乎而下等脾气的“不识抬举”遂告成功,或者会终于不可救药。

平心想起来,所谓“选家”这一流人物,虽然因为容易联想到明季的制艺的选家[19]的缘故,似乎使人厌闻,但现在倒是应该有几个。这两三年来,无名作家何尝没有胜于较有名的作者的作品,只是谁也不去理会他,一任他自生自灭。去年,我曾向 DF[20]先生提议过,以为该有人搜罗了各处的各种定期刊行物,仔细评量,选印几本小说集,来绍介于世间;至于已有专集者,则一概不收,“再拜而送之大门之外”。但这话也不过终于是空话,当时既无定局,后来也大家走散了。我又不能做这事业,因为我是偏心的。评是非时我总觉得我的熟人对,读作品是异己者的手腕大概不高明。在我的心里似乎是没有所谓“公平”,在别人里我也没有看见过,然而还疑心什么地方也许有,因此就不敢做那两样东西了:法官,批评家。

现在还没有专门的选家时,这事批评家也做得,因为批评家的职务不但是剪除恶草,还得灌溉佳花,——佳花的苗。譬如菊花如果是佳花,则他的原种不过是黄色的细碎的野菊,俗名“满天星”的就是。但是,或者是文坛上真没有较好的作品之故罢,也许是一做批评家,眼界便极高卓,所以我只见到对于青年作家的迎头痛击,冷笑,抹杀,却很少见诱掖奖劝的意思的批评。有一种所谓“文士”而又似批评家的,则专是一个人的御前侍卫,托尔斯泰呀,托她斯泰呀,指东画西的,就只为一人做屏风。其甚者竟至于一面暗护此人,一面又中伤他人,却又不明明白白地举出姓名和实证来,但用了含沙射影的口气,使那人不知道说着自己,却又另用口头宣传以补笔墨所不及,使别人可以疑心到那人身上去。这不但对于文字,就是女人们的名誉,我今年也看见有用了这畜生道的方法来毁坏的。古人常说"鬼蜮技俩",其实世间何尝真有鬼蜮,那所指点的,不过是这类东西罢了。这类东西当然不在话下,就是只做侍卫的,也不配评选一言半语,因为这种工作,做的人自以为不偏而其实是偏的也可以,自以为公平而其实不公平也可以,但总不可"别有用心"于其间的。

书贾也像别的商人一样,惟利是图;他的出版或发议论的"动机",谁也知道他"不纯洁",决不至于和大学教授的来等量齐观的。但他们除惟利是图之外,别的倒未必有什么用意,这就是使我反而放心的地方。自然,倘是向来没有受过更奇特而阴毒的暗箭的福人,那当然即此一点也要感到痛苦。

这也算一篇作品罢,但还是挤出来的,并非围炉煮茗时中的闲话,临了,便回上去填作题目,纪实也。

十一月二十二日。

* * *

〔1〕 本篇最初发表于1925年12月7日《语丝》周刊第五十六期。

〔2〕 关于版权和创作动机问题,陈西滢在《现代评论》第二卷第四十八期(1925年11月7日)的《闲话》里说:"有一种是取巧的窃盗他家的版权。……鲁迅,郁达夫,叶绍钧,落华生诸先生都各人有自己出

版的创作集,现在有人用什么小说选的名义,把那里的小说部分或全部摽窃了去,自然他们自己书籍的销路大受影响了。”又说:“一件艺术品的产生,除了纯粹的创造冲动,是不是常常还夹杂着别的动机?是不是应当夹杂着别种不纯洁的动机?……可是,看一看古今中外的各种文艺美术品,我们不能不说它们的产生的动机大都是混杂的。”

〔3〕 “创作冲动” 陈西滢在《现代评论》第二卷第四十八期的《闲话》中说:“他们有时创造的冲动来时,不工作便吃饭睡觉都不成,可是有时也懒懒的让它过去了。”又说:“一到创作的时候,真正的艺术家又忘却了一切,他只创造他心灵中最美最真实的东西,断不肯放低自己的标准,去迎合普通读者的心理。”

〔4〕 狸猫充太子 这是从《宋史·李宸妃传》所载宋仁宗(赵祯)生母李宸妃不敢认子的故事演变而来的传说。清代石玉崑编述的公案小说《三侠五义》有这样的情节:宋真宗无子,刘、李二妃皆怀孕,刘妃为争立皇后,与太监密谋,在李妃生子时,用一只剥皮的狸猫将小孩换下来,以构陷李妃。

〔5〕 游戏三昧 佛家语。这里是无挂无碍、心神平静的意思。《景德传灯录》卷八:“(普愿)扣大寂之室,顿然忘筌,得游戏三昧。”三昧,梵文 Samādhi 的音译,指心意专注于一境而无杂念的“定”的状态。

〔6〕 吕纯阳(798—?) 即吕洞宾,名岩,号纯阳子,相传为唐末京兆(今陕西长安)人,隐居终南山。民间传说他后来得道成仙,为“八仙”之一。他游戏人间的故事如“三醉岳阳楼”、“三戏白牡丹”等在民间很流行。

〔7〕 当时有些出版商任意编选作品牟利,编校工作往往十分粗疏,又好妄加评论。如 1922 年由鲁庄云奇编辑、小说研究社发行的《小说年鉴》,其中收有鲁迅的《兔和猫》、《鸭的喜剧》等,在评论中竟说《兔和猫》是“进化论的缩写”,对这篇小说在《晨报副刊》发表时的排校错

误不仅未予改正,还添了新的错误,如将“我说不然”排成“说我不然”等。

〔8〕 “烟士披离纯” 英语 Inspiration 的音译,“灵感”的意思。

〔9〕 “干着种种无聊的事”等语,也见于陈西滢在《现代评论》第二卷第四十八期的《闲话》:“一个靠教书吃饭而时时想政治活动的人不大会是好教员,一个靠政治活动吃饭而教几点钟书的人也不大会是好教员……我每看见一般有些天才而自愿著述终身的朋友在干着种种无聊的事情,只好为著作界的损失一叹了。”

〔10〕 “高头讲章” 在经书正文上端留有较宽空白,刊印讲解文字,这些文字称为“高头讲章”。后来泛指这类格式的经书。

〔11〕 藏之名山 语出司马迁《报任少卿书》:“藏诸名山,传之其人。”

〔12〕 《资本论》 马克思(1818—1883)的主要著作,政治经济学文献,共三卷。第一卷于 1867 年出版,第二、三卷在他逝世后由恩格斯整理,分别于 1885 年和 1894 年出版。

〔13〕 陀思妥夫斯奇(Ф. М. Достоевский,1821—1881) 通译陀思妥耶夫斯基,俄国作家。《罪与罚》是他的长篇小说,1886 年出版。

〔14〕 末加(Mokha) 通译穆哈,阿拉伯也门共和国的海口,著名的咖啡产地。

〔15〕 编译馆 指当时的国立编译馆,由章士钊呈请创办,1925 年 10 月成立。

〔16〕 讨得官僚津贴或银行广告费的“大报” 指《现代评论》。《猛进》周刊第三十一期(1925 年 10 月 2 日)刊有署名蔚麟的通信:“《现代评论》因为受了段祺瑞、章士钊的几千块钱,吃着人的嘴软,拿着人的手软,对于段祺瑞、章士钊的一切胡作非为,绝不敢说半个不字。”

又《现代评论》自第一卷第十六期(1925年3月28日)起,每期封底都整面刊登当时金城银行的广告。

〔17〕 “打落门牙” 1925年10月26日,段祺瑞政府邀请英、美、法等十二国在北京召开所谓“关税特别会议”,企图与各帝国主义国家成立新的关税协定。北京各学校、各团体五万余人当日在天安门集会反对,主张关税自主;赴会群众遭到大批武装警察阻止和殴打,受伤十余人,被捕数人。次日,《社会日报》等登载不符事实的消息说:“周树人(北大教员)齿受伤,脱落门牙二”(参看《坟·从胡须说到牙齿》)。

〔18〕 “鼓动学潮”等语,参看本书《并非闲话》及其注〔8〕。

〔19〕 制艺的选家 明代以八股文(制艺)取士,选家应运而生;他们的八股文选本所收的大都是陈词滥调之作。

〔20〕 D F 指郁达夫(1896—1945),浙江富阳人,作家,创造社成员。著有短篇小说集《沉沦》、中篇小说《她是一个弱女子》、游记散文集《屐痕处处》等。他在1927年1月30日给北京《世界日报副刊》编者的信中说:“前三四年,我在北京,屡次和鲁迅先生谈起,想邀集几个人起来,联合着来翻阅那些新出版的小刊物,中间有可取的作品,就马上为他们表扬出来,介绍给大家,可以使许多未成名的青年作家,得着些安慰,而努力去创作,后来以事去北京,此议就变成了水泡。”

我观北大[1]

因为北大学生会的紧急征发，我于是总得对于本校的二十七周年纪念来说几句话。

据一位教授[2]的名论，则"教一两点钟的讲师"是不配与闻校事的，而我正是教一点钟的讲师。但这些名论，只好请恕我置之不理；——如其不恕，那么，也就算了，人那里顾得这些事。

我向来也不专以北大教员自居，因为另外还与几个学校有关系。然而不知怎的，——也许是含有神妙的用意的罢，今年忽而颇有些人指我为北大派。我虽然不知道北大可真有特别的派，但也就以此自居了。北大派么？就是北大派！怎么样呢？

但是，有些流言家幸勿误会我的意思，以为谣我怎样，我便怎样的。我的办法也并不一律。譬如前次的游行，报上谣我被打落了两个门牙，我可决不肯具呈警厅，吁请补派军警，来将我的门牙从新打落。我之照着谣言做去，是以专检自己所愿意者为限的。

我觉得北大也并不坏。如果真有所谓派，那么，被派进这派里去，也还是也就算了。理由在下面：

既然是二十七周年，则本校的萌芽，自然是发于前清的，但我并民国初年的情形也不知道。惟据近七八年的事实看来，第一，北大是常为新的，改进的运动的先锋，要使中国向着好的，往上的道路走。虽然很中了许多暗箭，背了许多谣言；教授和学生也都逐年地有些改换了，而那向上的精神还是始终一贯，不见得弛懈。自然，偶尔也免不了有些很想勒转马头的，可是这也无伤大体，“万众一心”，原不过是书本子上的冠冕话。

第二，北大是常与黑暗势力抗战的，即使只有自己。自从章士钊提了“整顿学风”〔3〕的招牌来“作之师”〔4〕，并且分送金款〔5〕以来，北大却还是给他一个依照彭允彝〔6〕的待遇。现在章士钊虽然还伏在暗地里做总长〔7〕，本相却已显露了；而北大的校格也就愈明白。那时固然也曾显出一角灰色，但其无伤大体，也和第一条所说相同。

我不是公论家，有上帝一般决算功过的能力。仅据我所感得的说，则北大究竟还是活的，而且还在生长的。凡活的而且在生长者，总有着希望的前途。

今天所想到的就是这一点。但如果北大到二十八周年而仍不为章士钊者流所谋害〔8〕，又要出纪念刊，我却要预先声明：不来多话了。一则，命题作文，实在苦不过；二则，说起来大约还是这些话。

十二月十三日。

*　　*　　*

〔1〕 本篇最初发表于1925年12月17日《北大学生会周刊》创刊号。

〔2〕 指高仁山。参看本书第126页注〔7〕。

〔3〕 “整顿学风”　1925年8月章士钊起草“整顿学风”的命令，由段祺瑞发布。参看本书第125页注〔4〕。

〔4〕 “作之师”　语出《尚书·泰誓》：“天佑下民，作之君，作之师。”

〔5〕 金款　第一次世界大战后，法国因法郎贬值，坚持中国对法国的庚子赔款要以金法郎支付。1925年春，段祺瑞政府不顾各界的反对，同意了法方的无理要求，从作为赔款抵押的中国盐税中付给债款后，收回余额一千多万元，这笔款被称为“金款”。其中大部充作北洋政府的军政开支，还拨出一百五十万元作为教育经费。当时一些私立大学曾提出分享这笔钱，章士钊则坚持用于清理国立八校的积欠，“分送金款”即指此事。

〔6〕 彭允彝(1878—1943)　字静仁，湖南湘潭人。1923年他任北洋政府教育总长时，北京大学为了反对他，曾一度与教育部脱离关系，彭被迫于同年9月辞职。1925年8月，北京大学又因章士钊“思想陈腐，行为卑鄙”，也宣言反对他担任教育总长，与教育部脱离关系。所以这里说“还是给他一个依照彭允彝的待遇”。

〔7〕 暗地里做总长　1925年11月28日，北京市群众为要求关税自主，举行示威游行，提出“驱逐段祺瑞”、“打死朱深、章士钊”等口号。章士钊即潜逃天津，并在《甲寅》周刊第一卷第二十一号(1925年12月5日)上宣称：“幸天相我。局势顿移。所谓鸟官也者。已付之自然淘汰。”其实那时段祺瑞并未下台，章士钊也仍在暗中管理部务，至12月31日才免职。

〔8〕 章士钊当时一再压迫北京大学，如北大宣布脱离教育部后，《甲寅》周刊即制造解散北大的舆论，进行威胁；1925年9月5日，段祺瑞政府内阁会议决定，停发北大经费。

碎　话[1]

如果只有自己，那是都可以的：今日之我与昨日之我战也好，今日这么说明日那么说也好。但最好是在自己的脑里想，在自己的宅子里说；或者和情人谈谈也不妨，横竖她总能以“阿呀”表示其佩服，而没有第三者与闻其事。只是，假使不自珍惜，陆续发表出来，以“领袖”“正人君子”自居，而称这些为“思想”或“公论”之类，却难免有多少老实人遭殃。自然，凡有神妙的变迁，原是反足以见学者文人们进步之神速的；况且文坛上本来就“只许州官放火不准百姓点灯”[2]，既不幸而为庸人，则给天才做一点牺牲，也正是应尽的义务。谁叫你不能研究或创作的呢？亦惟有活该吃苦而已矣！

然而，这是天才，或者是天才的奴才的崇论宏议。从庸人一方面看起来，却不免觉得此说虽合乎理而反乎情；因为“蝼蚁尚且贪生”[3]，也还是古之明训。所以虽然是庸人，总还想活几天，乐一点。无奈爱管闲事是他们吃苦的根苗，坐在家里好好的，却偏要出来寻导师，听公论了。学者文人们正在一日千变地进步，大家跟在他后面；他走的是小弯，你走的是大弯，他在圆心里转，你却必得在圆周上转，汗流浃背而终于不知所以，那自然是不待数计龟卜而后知的。

什么事情都要干，干，干！那当然是名言，但是倘有傻子真去买了手枪，就必要深悔前非，更进而悟到救国必先求学。[4]这当然也是名言，何用多说呢，就遵谕钻进研究室去。待到有一天，你发见了一颗新彗星[5]，或者知道了刘歆并非刘向的儿子[6]之后，跳出来救国时，先觉者可是"杳如黄鹤"了，寻来寻去，也许会在戏园子里发见。你不要再非薄那"小东人嗯嗯！哪，唉唉唉！"[7]罢：这是艺术。听说"人类不仅是理智的动物"，必须"种种方面有充分发达的人，才可以算完人"呀，学者之在戏园，乃是"在感情方面求种种的美"。[8]"束发小生"变成先生，从研究室里钻出，救国的资格也许有一点了，却不料还是一个精神上种种方面没有充分发达的畸形物，真是可怜可怜。

那么，立刻看夜戏，去求种种的美去，怎么样？谁知道呢。也许学者已经出戏园，学说也跟着长进（俗称改变，非也）了。

叔本华先生以厌世名一时，近来中国的绅士们却独独赏识了他的《妇人论》[9]。的确，他的骂女人虽然还合绅士们的脾胃，但别的话却实在很有些和我们不相宜的。即如《读书和书籍》那一篇里，就说，"我们读着的时候，别人却替我们想。我们不过反复了这人的心的过程。……然而本来底地说起来，则读书时，我们的脑已非自己的活动地。这是别人的思想的战场了。"但是我们的学者文人们却正需要这样的战场——未经老练的青年的脑髓。但也并非在这上面和别的强敌战斗，乃是今日之我打昨日之我，"道义"之手批"公理"之颊——说得俗一点：自己打嘴巴。作了这样的战场者，怎么还能明白是怎么一回事。

这一月来，不知怎的又有几个学者文人或批评家亡魂失魄了，仿佛他们在上月底才从娘胎钻出，毫不知道民国十四年十二月以前的事似的。女师大学生一归她们被占的本校，就有人引以为例，说张胡子或李胡子可以"派兵送一二百学生占据了二三千学生的北大"[10]。如果这样，北大学生确应该群起而将女师大扑灭，以免张胡或李胡援例，确保母校的安全。但我记得北大刚举行过二十七周年纪念，那建立的历史，是并非由章士钊将张胡或李胡将要率领的二百学生掩出，然后改立北大，招生三千，以掩人耳目的。这样的比附，简直是在青年的脑上打滚。夏间，则也可以称为"挑剔风潮"。但也许批评界有时也是"只许州官放火不准百姓点灯"，正如天才之在文坛一样的。

学者文人们最好是有这样的一个特权，月月，时时，自己和自己战，——即自己打嘴巴。免得庸人不知，以常人为例，误以为连一点"闲话"也讲不清楚。

十二月二十二日。

*　　*　　*

〔1〕　本篇最初发表于1926年1月8日《猛进》周刊第四十四期。

〔2〕　"只许州官放火不准百姓点灯"　据宋代陆游《老学庵笔记》卷五："田登作郡，自讳其名，触者必怒，吏卒多被榜笞；于是举州皆谓灯为火。上元放灯，许人入州治游观，吏人遂书榜揭于市曰：本州依例放火三日。"

〔3〕　"蝼蚁尚且贪生"　古谚语，元代马致远《荐神碑》第三折：

“蝼蚁尚知贪生,为人何不惜命。”

〔4〕 这些“名言”都是胡适说的。他在《新青年》第九卷第二号(1921年6月)《四烈士塚上的没字碑歌》一诗中,歌颂“炸弹!炸弹!”和“干!干!干!”;但在五卅运动后,他在《现代评论》第二卷第三十九期(1925年9月5日)发表的《爱国运动与求学》一文中,又提出救国必先求学,说救国“非短时间所能解决”,“真正救国的预备”在于求学,引导学生脱离爱国运动。

〔5〕 *发见了一颗新彗星* 这也是对胡适所说的话而发的。胡适在1919年8月16日所作《论国故学》一文中曾说过:“发明一个字的古义,与发现一颗恒星,都是一大功绩。”(据《胡适文存》卷二)

〔6〕 刘向(约前77—前6)、刘歆(?—23),父子二人都是汉代学者。这里说“刘歆并非刘向的儿子”,是讽刺当时一些毫无根据地乱下判断的考据家。

〔7〕 这是京剧《三娘教子》中老仆薛保的唱词。“小东人”指小主人薛倚。

〔8〕 这些都是陈西滢的话。他在《现代评论》第一卷第二十五期(1925年5月30日)的《闲话》中说:“人类不仅仅是理智的动物,他们在体格方面就求康健强壮,在社会方面就求同情,在感情方面就求种种的美。种种方面有充分的发达的人,才可以算完人。”

〔9〕 *《妇人论》* 叔本华的一篇关于妇女的文章,曾由张慰慈译为中文,题为《妇女论》,载于1925年10月14、15日《晨报副刊》。在译文前,还有徐志摩的评介文章《叔本华与叔本华的〈妇女论〉》。

〔10〕 女师大学生于1925年8月19日被章士钊、刘百昭雇人殴曳出校以后,即于22日另在宗帽胡同赁屋上课,原址则由章士钊另立女子大学。11月末章士钊避居天津,女师大学生即迁回原址。陈西滢在《现代评论》第三卷第五十四期(1925年12月19日)的《闲话》中说:

“女大有三百五十学生，女师大有四十余学生，无论分立或合并，学生人数过八倍多的女大断没有把较大的校舍让给女师大的道理。”他指责女师大学生的回校，是“用暴力去占据”女大校舍，并说：“要是有一天，什么张胡子或李胡子占有了北京，他派兵送一二百学生来占据了二三千学生的北大，他说这不过学你们教育界自己发明的方法，你们又怎样说？”

“公理”的把戏[1]

自从去年春间，北京女子师范大学有了反对校长杨荫榆事件以来，于是而有该校长在太平湖饭店[2]请客之后，任意将学生自治会员六人除名的事；有引警察及打手蜂拥入校的事；迨教育总长章士钊复出[3]，遂有非法解散学校的事；有司长刘百昭雇用流氓女丐殴曳学生出校，禁之补习所空屋中的事；有手忙脚乱，急挂女子大学招牌以掩天下耳目的事；有胡敦复[4]之趁火打劫，攫取女大校长饭碗，助章士钊欺罔世人的事。女师大的许多教职员，——我敢特地声明：并不是全体！——本极以章杨的措置为非，复痛学生之无辜受戮，无端失学，而校务维持会[5]之组织，遂愈加严固。我先是该校的一个讲师，于黑暗残虐情形，多曾目睹；后是该会的一个委员，待到女师大在宗帽胡同自赁校舍，而章士钊尚且百端迫压的苦痛，也大抵亲历的。当章氏势焰熏天时，我也曾环顾这首善之区，寻求所谓“公理”“道义”之类而不得；而现在突起之所谓“教育界名流”者，那时则鸦雀无声；甚且捧献肉麻透顶的呈文[6]，以歌颂功德。但这一点，我自然也判不定是因为畏章氏有嗾使兵警痛打之威呢，还是贪图分润金款之利[7]，抑或真以他为“公理”或“道义”等类的具象的化身？但是，从章氏逃走，女师大复校以后，所谓“公理”等件，我却忽而间接地从女子大学在撷英馆宴请“北京教育界名流及女大学生家长”的席上找到了。

据十二月十六日的《北京晚报》说，则有些“名流”即于十四日晚六时在那个撷英番菜馆开会。请吃饭的，去吃饭的，在中国一天不知道有多多少少，本不与我相干，虽然也令我记起杨荫榆也爱在太平湖饭店请人吃饭的旧事。但使我留心的是，从这饭局里产生了“教育界公理维持会”[8]，从这会又变出“国立女子大学后援会”，从这会又发出“致国立各校教职员联席会议函”，声势浩大，据说是“而于该校附和暴徒，自堕人格之教职员，即不能投畀豺虎，亦宜屏诸席外，勿与为伍”云。他们之所谓“暴徒”，盖即刘百昭之所谓“土匪”[9]，官僚名流，口吻如一，从局外人看来，不过煞是可笑而已。而我是女师大维持会员之一，又是女师大教员，人格所关，当然有抗议的权利。岂但抗议？“投虎”“割席”，“名流”的熏灼之状，竟至于斯，则虽报以恶声，亦不为过。但也无须如此，只要看一看这些“名流”究竟是什么东西，就尽够了。报上和函上有名单：

除了万里鸣是太平湖饭店掌柜，以及董子鹤辈为我所不知道的不计外，陶昌善[10]是农大教务长，教长兼农大校长章士钊的替身；石志泉是法大教务长；查良钊是师大教务长；李顺卿，王桐龄是师大教授；萧友梅是前女师大而今女大教员；蹇华芬是前女师大而今女大学生；马寅初是北大讲师，又是中国银行的什么，也许是“总司库”，这些名目我记不清楚了；燕树棠，白鹏飞，陈源即做《闲话》的西滢，丁燮林即做过《一只马蜂》的西林，周鲠生即周览，皮宗石，高一涵，李仲揆即李四光曾有一篇杨荫榆要用汽车迎他“观剧”的作品登在《现代评论》上的，都是北大教授，又大抵原住在东吉祥胡同，又大抵是先前反对北大对章士钊独立的人物，所以当章士钊炙手可热之际，《大同晚报》曾称他们为“东吉祥派的正人君子”〔11〕，虽然他们那时并没有开什么“公理”会。但他们的住址，今年新印的《北大职员录》上可很有些函胡了，我所依据的是民国十一年的本子。

日本人学了中国人口气的《顺天时报》，即大表同情于女子大学，据说多人的意见，以为女师大教员多系北大兼任，有附属于北大之嫌。亏它征得这么多人的意见。然而从上列的名单看来，那观察是错的。女师大向来少有专任教员，正是杨荫榆的狡计，这样，则校长即可以独揽大权；当我们说话时，高仁山即以讲师不宜与闻校事来箝制我辈之口。况且女师大也决不因为中有北大教员，即精神上附属于北大，便是北大教授，正不乏有当学生反对杨荫榆的时候，即协力来歼灭她们的人。即如八月七日的《大同晚报》，就有“某当局……谓北大教授中，如东吉祥派之正人君子，亦主张解散”等语。《顺天时报》的记者倘竟不知，可谓昏瞀，倘使知道而故意淆乱黑白，那就有挑拨对于北大怀着恶感的人物，将那恶感蔓延于女师大之嫌，居心可谓卑劣。但我们国内战争，尚且常有日本浪人〔12〕从中作祟，使良民愈陷于水深火热之中，更何况一校女生和几个教员之被诬蔑。我们也只得自责国人之不争气，竟任这样的报纸跳梁！

北大教授王世杰[13]在撷英馆席上演说,即云"本人决不主张北大少数人与女师大合作",就可以证明我前言的不诬。至又谓"照北大校章教职员不得兼他机关主要任务然而现今北大教授在女师大兼充主任者已有五人实属违法应加以否认云云",则颇有语病。北大教授兼国立京师图书馆副馆长月薪至少五六百元的李四光,不也是正在坐中"维持公理",而且演说的么?使之何以为情?李教授兼副馆长的演说辞,报上却不载;但我想,大概是不赞成这个办法的。

北大教授燕树棠谓女大学生极可佩服,而对于"形同土匪破坏女大的人应以道德上之否认加之",则竟连所谓女大教务长萧纯锦的自辩女大当日所埋伏者是听差而非流氓的启事[14]也没有见,却已一口咬定,嘴上忽然跑出一个"道德"来了。那么,对于形同鬼蜮破坏女师大的人,应以什么上之否认加之呢?

"公理"实在是不容易谈,不但在一个维持会上,就要自相矛盾,有时竟至于会用了"道义"上之手,自批"公理"上之脸的嘴巴。西滢是曾在《现代评论》(三十八)的《闲话》里冷嘲过援助女师大的人们的:"外国人说,中国人是重男轻女的。我看不见得吧。"现在却签名于什么公理会上了,似乎性情或体质有点改变。而且曾经感慨过:"你代被群众专制所压迫者说了几句公平话,那么你不是与那人有'密切的关系'便是吃了他或她的酒饭。"(《现代》四十)然而现在的公理什么会上的言论和发表的文章上,却口口声声,侧重多数了[15];似乎主张又颇有些参差,只有"吃饭"的一件事还始终如一。在《现代评论》(五十三)上,自诩是“所有的批评都本于学理和事实,绝不肆口嫚骂”[16],而忘却了自己曾称女师大为“臭毛厕”,并且署名于要将人“投畀豺虎”的信尾曰:陈源。陈源不就是西滢么?半年的事,几个的人,就这么矛盾支离,实在可以使人悯笑。但他们究竟是聪明的,大约不独觉得“公理”歪邪,而且连自己们的“公理维持会”也很有些歪邪了罢,所以突然一变而为“女子大学后援会”了,这是的确的,后援,就是站在背后的援助。

但是十八日《晨报》上所载该后援会开会的记事,却连发言的人的名姓也没有了,一律叫作“某君”。莫非后来连对于自己的姓名也觉得可羞,真是“内愧于心”了?还是将人“投畀豺虎”之后,豫备归过于“某君”,免得自己负责任,受报复呢?虽然报复的事,并为“正人君子”们所反对,但究竟还不如先使人不知道“后援”者为谁的稳当,所以即使为着“道义”,而坦白的态度,也仍为他们所不取罢。因为明白地站出来,就有些“形同土匪”或“暴徒”,怕要失了专在背后,用暗箭的聪明人的人格。

其实,撷英馆里和后援会中所啸聚的一彪人马,也不过是各处流来的杂人,正如我一样,到北京来骗一口饭[17],岂但“投畀豺虎”,简直是已经“投畀有北”[18]的了。这算得什么呢?以人论,我与王桐龄,李顺卿虽曾在西安点首谈话,却并不当作朋侪;与陈源虽尝在给泰戈尔[19]祝寿的戏台前一握手,而早已视为异类,又何至于会有和他们连席之意?而况于不知什么东西的杂人等辈也哉!以事论,则现在的教育界中实无豺虎，但有些城狐社鼠[20]之流，那是当然不能免的。不幸十余年来，早见得不少了；我之所以对于有些人的口头的鸟“公理”而不敬者，即大抵由于此。

十二月十八日。

*　　*　　*

〔1〕 本篇最初发表于1925年12月24日《国民新报副刊》。

〔2〕 太平湖饭店　应为西安饭店。参看本书《后记》。

〔3〕 章士钊复出　1925年5月7日，章士钊因禁止学生纪念“五七”国耻的爱国运动，引起学生反对，逃往天津暂避；6月间，他又重返教育部，于8月19日派武装警察强行解散女师大。

〔4〕 胡敦复(1886—1978)　江苏无锡人，早年留学美国，1912年创办上海大同大学并任校长。他曾将大同大学在五卅惨案后禁止学生参加爱国运动的通告，寄给章士钊主办的《甲寅》周刊发表。通告中有“许(学生)以奋学救国，决不许以废学出位救国”的话，章士钊对此嘉许说：“此语不图于今日闻之”，并称赞他办的大同大学“成绩为公私诸校冠”(1925年8月15日《甲寅》第一卷第五号)。章士钊在解散女师大以后，便叫胡敦复担任女子大学校长。胡在1925年9月就任，同年12月去职。

〔5〕 校务维持会　1925年8月10日章士钊下令解散女师大，同日，该校教员及学生即行组织校务维持会，负责校内外一切事务。鲁迅于13日被推举为委员。该会在女师大复校后，于1926年1月13日交卸职务。

〔6〕 内府通项的呈文　指女师大风潮中及北大宣布脱离教育部后，北京朝阳、民国、中国、华北、平民五所私立大学联名给段祺瑞政府

的呈文。该呈文吹捧段祺瑞政府,诋毁学生运动,要求整顿教育,以消隐患。《甲寅》周刊第一卷第九号(1925 年 9 月 12 日)“时评”中称赞“其功固不在禹下,甚冀长此保持光明严正之态度”。

〔7〕 分润金款之利 当时朝阳、民国等五所私立大学曾派代表“谒见”段祺瑞,要求分享金款;段内阁会议决定另拨三十余万元给这五所大学。金款,参看本书第 166 页注〔5〕。

〔8〕 “教育界公理维持会” 1925 年 12 月 14 日由陈西滢、王世杰、燕树棠等人组成,旨在声援章士钊创办的女子大学,反对女师大复校,压迫该校学生和教育界进步人士。该会成立的次日改名为“国立女子大学后援会”,16 日发出《致北京国立各校教职员联席会议函》,其中说:“此次国立女子大学,于十二月一日,有人乘京中秩序紊乱之际,率领暴徒拦入校内,强力霸占,将教职员驱逐,且将该校教务长围困威胁,诟辱百端……同人等以为女师大应否恢复,目的如何,另属一问题,而少数人此种横暴行为,理应在道德上加以切实否认,而主张此等暴行之人,尤应力予贬斥,以清士流。”又说:“对于此次女师大非法之恢复,决不能迁就事实,予以正式之承认,而于该校附和暴徒,自堕人格之教职员,即不能投畀豺虎,亦宜屏诸席外,勿与为伍。”

〔9〕 “土匪” 1925 年 10 月间刘百昭在女子大学演说时,曾辱骂反对章士钊的人为“土匪”。

〔10〕 陶昌善(1879—?) 浙江嘉兴人,曾留学日本,时任北京大学农学院教务长。下文的石志泉(1885—1960),湖北孝感人,曾留学日本,时任北京法政大学教务长。查良钊(1897—1982),浙江海宁人,曾留学美国,时任北京师范大学教务长。李顺卿(1894—1969),名干臣,字顺卿,山东海阳人,曾留学美国,时任北京师范大学教授、生物系主任。王桐龄(1877—1953),河北任丘人,曾留学日本,时任北京师范大学历史系教授。萧友梅(1884—1940),广东中山人,曾留学日本、德国,

时任北京女子大学教授。马寅初(1882—1982),浙江嵊县人,曾留学美国,时任北京大学教授、中国银行发行部主任。燕树棠(1892—?),河北定县人,曾留学美国,时任北京大学教授。白鹏飞(1870—1943),广西桂林人,曾留学日本,时任北京大学法律系教授。丁西林(1893—1974),原名燮林,字巽甫,笔名西林,江苏泰兴人,物理学家、剧作家。曾留学英国,时任北京大学教授。周鲠生(1889—1971),原名周览,湖南长沙人,曾留学英、法,时任北京大学教授、政治系主任。皮宗石(1887—1954),湖南长沙人,曾留学日、英,时任北京大学政治系教授。高一涵(1885—1968),笔名涵庐等,安徽六安人。曾留学日本,时任北京大学教授,现代评论派成员。

〔11〕 “东吉祥派的正人君子” 章士钊解散女师大的行动,引起北京教育界和广大学生的反对。北京大学评议会于1925年8月18日召集会议,通过与教育部脱离关系的议案,宣布独立。但胡适、陈西滢、王世杰、燕树棠等十七人却以北大“应该早日脱离一般的政潮与学潮,努力向学问的路上走”为借口,表示坚决反对。他们向评议会提抗议书,又要求学校当局召集教务会议与评议会举行联席会议,复议此案。在几次会议上,他们或以“退席”相要挟(如胡适等),或声明无表决权(如王世杰等);虽终未能推翻原案,却声援了政府当局。所以章士钊在《甲寅》周刊第一卷第七号(1925年8月29日)的《说辉》一文中称赞他们的举动是“表扬学术独立之威重,诚甚盛举”;1925年8月7日《大同晚报》的报导中称他们为“东吉祥派之正人君子”。

〔12〕 日本浪人 日本幕府时代失去禄位、四处流浪的武士。江户时代(1603—1867),随着幕府体制的瓦解,浪人不断增加。他们无固定职业,常受雇于人,从事各种好勇斗狠的活动,后来日本帝国主义常用这些人从事各种侵略活动。

〔13〕 王世杰(1891—1981) 湖北崇阳人,曾留学英、法,时任北

京大学教授，现代评论派成员。后任国民党政府教育部长、外交部长等职。

〔14〕 萧纯锦的启事，刊登于1925年12月3日《京报》。女师大于11月30日迁回石驸马大街原址后，次日开会向各界代表报告经过情形，萧纯锦曾到场，并派人扰乱会议，但他在启事中却说："鄙人以善意列席旁听，横被威胁，迫令手书辞去教务长职权，本校学生职员见势危急，在场外大呼不得用武，即诬指为流氓，旋将全校办公处所一一封闭，驱逐职员，校务即时停顿。"萧纯锦（1893—1968），江西永新人，早年留学美国，时任北京女子师范大学教务长。

〔15〕 陈西滢关于"多数"的议论，参看下篇《这回是"多数"的把戏》及其注〔8〕。

〔16〕 "批评都本于学理和事实" 这是陈西滢为纪念《现代评论》创刊一周年所作的《闲话》中的话，见该刊第三卷第五十三期（1925年12月12日）。

〔17〕 骗一口饭 这里指教书而言。林骙在1925年2月1日《晨报副刊》发表的《致北京农大校长公开信》中说："今日身当教员之人，果有几人真肯为教育牺牲？大多数不外以教习为糊口之职业，而存心借此骗一口饭而已。"

〔18〕 "投畀豺虎"、"投畀有北" 语出《诗经·小雅·巷伯》："取彼谮人，投畀豺虎；豺虎不食，投畀有北。"据唐代孔颖达疏："有北，太阴之乡，使冻杀之。"谮人，造谣的人。

〔19〕 泰戈尔（R. Tagore，1861—1941） 印度诗人。1924年4月曾来华访问，并在中国度过他的六十四岁生日。

〔20〕 城狐社鼠 比喻依势作恶的小人。据《晋书·谢鲲传》，王敦欲除刘隗，谢鲲说："隗诚始祸，然城狐社鼠也。"意思是刘隗在皇帝身边，就像狐狸、老鼠藏身城墙和土地庙（社），要铲除它们，又怕损坏城、社。

这回是“多数”的把戏[1]

《现代评论》五五期《闲话》的末一段是根据了女大学生的宣言[2]，说女师大学生只有二十个，别的都已进了女大，就深悔从前受了“某种报纸的催眠”。幸而见了宣言，这才省悟过来了，于是发问道：“要是二百人（按据云这是未解散前的数目）中有一百九十九人入了女大便怎样？要是二百人都入了女大便怎样？难道女师大校务维持会招了几个新生也去恢复么？我们不免要奇怪那维持会维持的究竟是谁呢？他们的目的究竟是什么呢？”[3]

这当然要为夏间并不维持女师大而现在则出而维持“公理”的陈源教授所不解的。我虽然是女师大维持会的一个委员，但也知道别一种可解的办法——

二十人都往多的一边跑，维持会早该趋奉章士钊！

我也是“四五十岁的人爱说四五岁的孩子话”[4]，而且爱学奴才话的，所以所说的也许是笑话。但是既经说开，索性再说几句罢：要是二百人中有二百另一人入了女大便怎样？要是维持会员也都入了女大便怎样？要是一百九十九人入了女大，而剩下的一个人偏不要维持便怎样？……

我想这些妙问，大概是无人能答的。这实在问得太离奇，虽是四五岁的孩子也不至于此，——我们不要小觑了孩子。

人也许能受“某种报纸的催眠”，但也因人而异，“某君”只限于“某种”；即如我，就决不受《现代评论》或“女大学生某次宣言”的催眠。假如，倘使我看了《闲话》之后，便抚心自问：“要是二百人中有一百九十九人入了女大便怎样？……维持会维持的究竟是谁呢？……”那可真要连自己也奇怪起来，立刻对章士钊的木主[5]肃然起敬了。但幸而连陈源教授所据为典要的《女大学生二次宣言》也还说有二十人，所以我也正不必有什么“杞天之虑”。

记得“公理”时代（可惜这黄金时代竟消失得那么快），不是有人说解散女师大的是章士钊，女大乃另外设立，所以石驸马大街的校址是不该归还的么？自然，或者也可以这样说。但我却没有被其催眠，反觉得这道理比满洲人所说的“亡明者闯贼也，我大清天下，乃得之于闯贼，非取之于明”[6]的话还可笑。从表面上看起来，满人的话，倒还算顺理成章，不过也只能骗顺民，不能骗遗民和逆民，因为他们知道此中的底细。我不聪明，本也很可以相信的，然而竟不被骗者，因为幸而目睹了十四年前的革命，自己又是中国人。

然而“要是”女师大学生竟一百九十九人都入了女大，又怎样呢？其实，“要是”章士钊再做半年总长，或者他的走狗们作起祟来，宗帽胡同的学生纵不至于“都入了女大”，但可以被迫胁到只剩一个或不剩一个，也正是意中事。陈源教授毕竟是“通品”[7]，虽是理想也未始没有实现的可能。那么，怎么办呢？我想，维持。那么，“目的究竟是什么呢？”我想，就用一句《闲话》来答复：“代被群众专制所压迫者说几句公平话”。

可惜正如“公理”的忽隐忽现一样，“少数”的时价也四季不同的。杨荫榆时候多数不该“压迫”少数，现在是少数应该服从多数了。[8]你说多数是不错的么，可是俄国的多数主义现在也还叫作过激党，为大英大日本和咱们中华民国的绅士们所“深恶而痛绝之”。这真要令我莫名其妙。或者“暴民”是虽然多数，也得算作例外的罢。

“要是”帝国主义者抢去了中国的大部分，只剩了一二省，我们便怎样？别的都归了强国了，少数的土地，还要维持么?! 明亡以后，一点土地也没有了，却还有窜身海外，志在恢复的人[9]。凡这些，从现在的“通品”看来，大约都是谬种，应该派“在德国手格盗匪数人”[10]，立功海外的英雄刘百昭去剿灭他们的罢。

“要是”真如陈源教授所言，女师大学生只有二十了呢？但是究竟还有二十人。这足可使在章士钊门下暗作走狗而脸皮还不十分厚的教授文人学者们愧死！

十二月二十八日。

*　　*　　*

〔1〕 本篇最初发表于1925年12月31日《国民新报副刊》。

〔2〕 女大学生的宣言　即下文的《女大学生二次宣言》，刊载于1925年12月24日《晨报》。其中说：“女师大学生，原来不满二百人，而转入女大者，有一百八十人……女师大之在宗帽胡同者，其数不过二十人。”

〔3〕　陈西滢在《现代评论》第三卷第五十五期（1925年12月26日）的《闲话》里说："我们还是受了某种报纸（按指《京报》）的催眠，以为女大的学生大半是招来的新生，女师大的学生转入女大的很少。今天看到女大学生第二次宣言，她们说女师大的旧学生不满二百人，却有一百八十人转入女大，让几位外界名流维持的'不过二十人'……如此说来，女大和女师大之争，还是这一百八十人和二十人之争。"接着就是引在这里的"发问"的话。

〔4〕　这句话见《现代评论》第三卷第五十四期（1925年12月19日）陈西滢所作《闲话》："四五十岁的人爱说四五岁的孩子话，那自然是各人的自由。"

〔5〕　木主　也叫神主，写有死者姓名当作供奉神位的木牌。当时章士钊已卸去教育总长职务，所以这里用这个词。

〔6〕　这是清初摄政王多尔衮致明臣史可法信中的话，原作："国家（按指清朝）之抚定燕都，乃得之于闯贼，非取之于明朝也。"

〔7〕　"通品"　章士钊称赞陈西滢的话。参看本书第4页注〔5〕。

〔8〕　陈西滢在《闲话》里谈到多数与少数的问题时，常表示反对多数的意见。如《现代评论》第二卷第二十九期（1925年6月27日）关于五卅惨案的《闲话》说："我向来就不信多数人的意思总是对的。我可以说多数人的意思是常常错的。"在同卷第四十期（1925年9月12日）的《闲话》里，他又把"多数"说成是"群众专制"。但当女子大学学生不愿退出女师大原址而发生纷争时，他却又说少数应该服从多数。

〔9〕　指明亡以后坚持抗清的郑成功（1624—1662）、张煌言（1620—1664）、朱之瑜（1600—1682）等人。

〔10〕　"在德国手格盗匪数人"　1925年8月19日，刘百昭至女师大校址筹设女子大学，与女师大学生发生冲突，他在当日给章士钊的

阴费于著述之上，故特借日本之山水，抒予心气。”（据1925年2月4日《京报》）

〔6〕 陈源教授给徐志摩“诗哲”的信　指1926年1月30日《晨报副刊》所载《闲话的闲话之闲话引出来的几封信》之九《西滢致志摩》。其中充满对鲁迅的诋毁。参看《华盖集续编·不是信》。徐志摩（1897—1931），名章垿，字志摩，浙江海宁人。先后留学欧美，曾任北京大学教授，《晨报副刊》编辑，是新月派诗人，现代评论派主要成员之一。著有《志摩的诗》、《猛虎集》等。1924年印度诗人泰戈尔来华时，有人称他为“诗圣”；徐志摩陪同泰戈尔，当时也有人称徐为“诗哲”。

〔7〕 白云苍狗　唐代杜甫《可叹》诗：“天上浮云如白衣，斯须改变如苍狗。”变幻无常的意思。

〔8〕 “收之桑榆”　语出《后汉书·冯异传》：“可谓失之东隅，收之桑榆。”东隅，指日出处；桑榆，指日落时余光照耀处。这两句话比喻起初虽有所失，但终于得到了补救。